ガリガリ君ができるまで

岩貞るみこ【文】
黒須高嶺【絵】

講談社

ガリガリ君《くん》ができるまで

目次《もくじ》
Contents

おもな登《とう》場《じょう》人《じん》物《ぶつ》

稲《いな》葉《ば》ナナミ

商品開発部《しょうひんかいはつぶ》の新人《しんじん》。ガリガリ君命《くんいのち》で、フレーバー作《づく》りにはげんでいる。

エイタ

営業部《えいぎょうぶ》にいるナナミの同期《どうき》。いつも元気《げんき》にガリガリ君《くん》を売《う》りこんでいる。

コウジロウ

工場《こうじょう》でガリガリ君《くん》を生産《せいさん》しているナナミの同期《どうき》。おだやかでしっかり者《もの》。

タカハシさん

デザイナー。ガリガリ君《くん》のイラストを描《か》き、パッケージをデザイン。

オカモト先輩《せんぱい》

マーケティング部《ぶ》で販売戦略《はんばいせんりゃく》や広告《こうこく》を担当《たんとう》。コンポタ味《あじ》を作《つく》った。

マロン先輩《せんぱい》

商品開発部《しょうひんかいはつぶ》のナナミの上司《じょうし》。きびしくもあたたかくナナミを見守《みまも》る。

ガハハ先輩《せんぱい》

購買部《こうばいぶ》でアイスの材料《ざいりょう》を調達《ちょうたつ》している。豪快《ごうかい》で幅広《はばひろ》い人脈《じんみゃく》を持《も》つ。

メガネ先輩《せんぱい》

品質保証部《ひんしつほしょうぶ》でお客《きゃく》さまの安全《あんぜん》、安心《あんしん》のために、目《め》を光《ひか》らせている。

著者《ちょしゃ》 岩貞《いわさだ》るみこ

この本《ほん》は、事実度《じじつど》90%以上《いじょう》、ガリガリ君《くん》ができるまでの一所懸命度《いっしょけんめいど》99.9%以上《いじょう》リアルですが、この本《ほん》に出《で》てくるフレーバーのいくつかは、本物《ほんもの》のガリガリ君《くん》にはありません。お店《みせ》でさがさないでね。

プロローグ　新人《しんじん》、赤城乳業《あかぎにゅうぎょう》に入社《にゅうしゃ》する

「稲葉《いなば》ナナミ、商品開発部《しょうひんかいはつぶ》。」

(やった……！)

新入社員《しんにゅうしゃいん》が全員《ぜんいん》そろった会議室《かいぎしつ》で、ナナミはひざの上《うえ》においた手《て》をぎゅっとにぎりしめた。

商品開発部《しょうひんかいはつぶ》。

それは、ガリガリ君《くん》のフレーバー、つまり、味《あじ》を生《う》みだすところである。

ナナミとガリガリ君《くん》の出会《であ》いは、幼稚園《ようちえん》に通《かよ》っていたある夏《なつ》のこと。祖母《そぼ》からわたされた、一本《ぽん》のアイスバーである。

甘《あま》くて冷《つめ》たくて、しかも、棒《ぼう》がついたアイスバーだというのに、まるでかき氷《ごおり》を食《た》べているかのような、シャリシャリとした楽《たの》しさ。

ナナミは、ガリガリ君《くん》のとりこになった。

とにかくガリガリ君《くん》が、好《す》きで好《す》きで、大好《だいす》き。

雪《ゆき》がちらつく真冬《まふゆ》でもかまうことなく、おこづかいをつぎこんで食《た》べている。

ナナミの体《からだ》は、ガリガリ君《くん》でできているといってもいい。そのくらいガリガリ君《くん》を愛《あい》しているのである。

埼玉県《さいたまけん》にあるガリガリ君《くん》の工場見学《こうじょうけんがく》には、両親《りょうしん》にたのみこんで、なんど連《つ》れていってもらったかわからない。

ガリガリ君《くん》が、ナナミをひきつける理由《りゆう》はたくさんあるが、そのひとつは毎年《まいとし》、フレーバーがいくつも登場《とうじょう》するところだ。

この味《あじ》が、食《た》べたかった！

こんな味《あじ》が、ガリガリ君《くん》になるのか？

毎回《まいかい》、毎回《まいかい》、新作《しんさく》の登場《とうじょう》をインターネットのニュースで知《し》るたびに、おどろきと感動《かんどう》と、そして買《か》わずに、いや、食《た》べずにはいられなくなり、発売当日《はつばいとうじつ》にコンビニエンスストアに走《はし》っていく。

次《つぎ》は、どんなフレーバーが出《で》てくるのか。

いつもわくわくしながら待《ま》っている。

あるとき、気《き》づいた。

(待《ま》っているんじゃなく、自分《じぶん》で作《つく》っちゃえばいいんじゃないの?)

その思《おも》いはむくむくとふくらみ、ナナミは、ガリガリ君《くん》を作《つく》っている赤城乳業株式会社《あかぎにゅうぎょうかぶしきがいしゃ》ではたらきたいと思《おも》うようになった。

筆記試験《ひっきしけん》を終《お》え、面接試験《めんせつしけん》を受《う》ける。

面接官《めんせつかん》を前《まえ》にナナミは、ガリガリ君《くん》への愛《あい》をおしみなく披露《ひろう》した。

なんて、鼻息《はないき》が荒《あら》いヤツが入社試験《にゅうしゃしけん》を受《う》けにきたんだと、ふつうならあきれられるかもしれないところだ。

ところがどっこい。

赤城乳業《あかぎにゅうぎょう》は、『あそびましょ。』を合《あ》い言葉《ことば》に、仕事《しごと》を楽《たの》しんじゃえという会社《かいしゃ》だったのだ。

社長《しゃちょう》も人事担当者《じんじたんとうしゃ》も、全員《ぜんいん》が、ちゃらかった、いや、仕事《しごと》を楽《たの》しんでいた。

なんだか、おもしろそうなヤツがきたぞとなり、ナナミは入社試験《にゅうしゃしけん》にパス。晴《は》れて赤城《あかぎ》乳業《にゅうぎょう》の社員《しゃいん》になったのである。

しかし、社員《しゃいん》になるだけではだめだ。

ナナミの目標《もくひょう》は、あくまでも新《あたら》しい味《あじ》のガリガリ君《くん》を作《つく》ること。だとしたら、フレーバーを作《つく》る商品開発部《しょうひんかいはつぶ》に配属《はいぞく》されなければならない。

四月《がつ》に入社《にゅうしゃ》したあとは、約《やく》六か月間《げつかん》の工場研修《こうじょうけんしゅう》をへて、九月《がつ》の終《お》わりの運命《うんめい》の日《ひ》。

ついにその日《ひ》が、やってきた。

『稲葉《いなば》ナナミ。商品開発部《しょうひんかいはつぶ》。』

ナナミは、夢《ゆめ》のスタートラインに立《た》ったのである。

1

新《しん》人《じん》の仕《し》事《ごと》は、つまらない？

十月一日《がっついたち》。商品開発部《しょうひんかいはつぶ》ではたらく日《ひ》がやってきた。

ナナミは、わくわくしながら出社《しゅっしゃ》した。

更衣室前《こういしつまえ》には、商品開発部員《しょうひんかいはつぶいん》だけが着《き》ることのできるユニフォームが、わさわさとハンガーにつるされている。

ユニフォームは毎日《まいにち》、きれいに洗濯《せんたく》されたものが用意《ようい》されているのだ。

シャツは、かわいいギンガムチェックで、赤《あか》、紺《こん》、水色《みずいろ》の三種類《しゅるい》。

エプロンは、紺《こん》と緑《みどり》。

これらを、自由《じゆう》に組《く》みあわせて着《き》ることができる。

ズボンは、ベージュ。

そして、つばのついた野球帽《やきゅうぼう》のような、ベージュのキャップ。

すべて身《み》につけると、ケーキショップの店員《てんいん》のようである。

ナナミの心《こころ》は、おどった。

商品開発《しょうひんかいはつ》をする部屋《へや》は、ラボとよばれていた。

ラボは、研究室《けんきゅうしつ》とか実験室《じっけんしつ》という意味《いみ》。そしてその場所《ばしょ》は、まさに理科《りか》の実験室《じっけんしつ》のようだった。

洗《あら》い場《ば》があり、コンロのようなものがあり、作業《さぎょう》する台《だい》がある。それぞれが、みがきあげられて、ぴかぴかと銀色《ぎんいろ》に光《ひか》っている。

床《ゆか》には、ちりひとつ落《お》ちていない。

壁側《かべがわ》には、ずらりと大型《おおがた》の冷蔵庫《れいぞうこ》がならび、ガリガリ君《くん》だけでなく、〝ソフ〟、〝ガツン、と〟など、赤城乳業《あかぎにゅうぎょう》が作《つく》るすべてのアイスクリームを開発《かいはつ》するための材料《ざいりょう》が入《はい》っている。

作業台《さぎょうだい》の上《うえ》にある棚《たな》には、ガラスビーカーや、メスシリンダー。

別《べつ》の作業台《さぎょうだい》の上《うえ》の棚《たな》には、黒糖《こくとう》や果糖《かとう》など、甘《あま》さをつけるための糖類《とうるい》。

さらにとなりの棚《たな》には、すっぱさを出《だ》すための酸味料《さんみりょう》。

そのほか、となりあう部屋《へや》には、着色料《ちゃくしょくりょう》や香料《こうりょう》、ワッフルコーンやココアビスケットなどがおかれている。

（すごい！）

ナナミにとっては、まさに夢《ゆめ》のような世界《せかい》だ。

二千ミリリットルのメスシリンダーに目《め》がとまる。千ミリリットルの牛乳《ぎゅうにゅう》パック、二本《ほん》分《ぶん》の量《りょう》が入《はい》るだけあってすごく太《ふと》くて大《おお》きい。

（こんなに大《おお》きなのを、使《つか》うんだ。）

まわりを見《み》ると、先輩《せんぱい》たちがそのメスシリンダーを使《つか》いこなし、てきぱきと新製品《しんせいひん》のアイスクリームミックスを作《つく》っていた。

アイスクリームミックスは、冷《ひ》やして固《かた》める前《まえ》のアイスクリームである。

（わたしも、作《つく》れるんだ！）

ナナミの夢《ゆめ》の実現《じつげん》は、すぐそこにある……はずだった。

しかし、仕事《しごと》とはそんなに甘《あま》いものではない。

「今日《きょう》は、これをお願《ねが》いします。」

「はいっ！」

元気《げんき》に返事《へんじ》をしたものの、最初《さいしょ》にまかされたことは牛乳《ぎゅうにゅう》の計量《けいりょう》だった。

「牛乳《ぎゅうにゅう》を七百ミリリットル、はかって。」

そのあとも、かんたんな作業《さぎょう》ばかり続《つづ》く。

「クリームチーズを五百グラムに切《き》りわけて。」

「この酸味料《さんみりょう》を、一・二グラムはかって。」

「果実《かじつ》の入《はい》った真空《しんくう》パックを、お湯《ゆ》の中《なか》で熱《ねっ》して殺菌《さっきん》したあと、氷水《こおりみず》でさまして。」

わたされたのは、専用《せんよう》の温度計《おんどけい》。

棒《ぼう》のようになった先《さき》っちょを真空《しんくう》パックにおしあてると、手元《てもと》にあるデジタル計《けい》に温度《おんど》が表示《ひょうじ》されるようになっている。

（あのう、試作《しさく》はいつになったら？）

商品開発部《しょうひんかいはつぶ》に入《はい》り、あこがれのユニフォームを着《き》てラボで仕事《しごと》をしているというのに、毎日《まいにち》、毎日《まいにち》、こんなことのくりかえしだ。

先輩《せんぱい》たちは、忙《いそが》しそうに、次《つぎ》から次《つぎ》へと新《あたら》しいフレーバーを作《つく》りだしている。

パソコンの中《なか》には、全員《ぜんいん》が見《み》られるフレーバー担当表《たんとうひょう》がある。

先輩《せんぱい》たちの欄《らん》は、何週間《なんしゅうかん》も先《さき》までぎっしりと予定《よてい》がつまっているというのに、自分《じぶん》の名《な》前《まえ》のところだけなにも書《か》かれていない。

（ふう……。）

この表《ひょう》を見《み》るたびに、さみしさと情《なさ》けなさがこみあげてくる。

(もっと、ばりばりはたらくはずだったのに。)

こんなはずじゃないのにな。


入社《にゅうしゃ》一年《ねん》めのナナミには、宿題《しゅくだい》が出《だ》されていた。

千本《ぼん》ノックならぬ、千本《ぼん》アイディア出《だ》し。新《あたら》しいフレーバーを千個《こ》、考《かんが》えるのである。

しかも、ただ、フレーバーを出《だ》せばいいわけではない。

なぜ、その味《あじ》がいいのか。どんな人《ひと》に買《か》ってもらいたいのか。いつ、どんなときに食《た》べてもらいたいのかなどを考《かんが》えなければならないのだ。

ナナミは、一日《にち》十個《こ》のフレーバーを考《かんが》えた。

初日《しょにち》は、焼《や》きとうもろこし味《あじ》。キャラメルポップコーン味《あじ》。いちごミルク味《あじ》。いちごバター味《あじ》。でこぽん味《あじ》。文旦《ぶんたん》味《あじ》。清見《きよみ》オレンジ味《あじ》。アップルミント味《あじ》。オレンジミント味《あじ》。バナナチョコレート味《あじ》。

翌日《よくじつ》は、シャインマスカット味《あじ》。レモン&《アンド》レモングラス味《あじ》。レモン&《アンド》ローズヒップ味《あじ》。

プルーン味《あじ》。ジャガイモバター味《あじ》。抹茶《まっちゃ》あずきクリーム味《あじ》。みたらし団子味《だんごあじ》。ごまおはぎ味《あじ》。コーヒーエクレア味《あじ》。いちじく味《あじ》。

来《く》る日《ひ》も来《く》る日《ひ》も……パンナコッタ・ラズベリーソース味《あじ》。パンナコッタ・キャラメルソース味《あじ》。マロンモンブラン味《あじ》。ココナッツミルク味《あじ》。パクチーココナッツ味《あじ》。ココナッツカレー味《あじ》。生《なま》ハムメロン味《あじ》。モモ&《アンド》マスカルポーネ味《あじ》。チョコオレンジ味《あじ》。チョコレモンピール味《あじ》。チョコイチジク味《あじ》。ミルクプリン味《あじ》。バターシュガー味《あじ》。メープルシュガー味《あじ》。こがしキャラメルバナナ味《あじ》……。

ノートには、ナナミが食《た》べたいもの、じゃなかった、ガリガリ君《くん》の候補《こうほ》となる味《あじ》がずらりとならんでいる。

『なぜ、その味《あじ》がいいのか。』

そんなことは決《き》まっている。自分《じぶん》が食《た》べたいからだ。

(それ以外《いがい》に、なにがあるんだろう。)

マロン先輩《せんぱい》にきいてみよう。

マロン先輩《せんぱい》は、ナナミの上司《じょうし》。甘《あま》いものが大好《だいす》きな、いわゆるスイーツ男子《だんし》だ。しかも、すでに二百種類《しゅるい》以上《いじょう》のフレーバーを生《う》みだしてきたベテランである。

「わたしが食《た》べたいからでは、だめなんでしょうか。」

「それはだめ。」

即答《そくとう》だった。

「以前《いぜん》、ぼくが、レモン味《あじ》のガリガリ君《くん》を作《つく》ったとき、すっぱめにしたんだ。会議《かいぎ》で、なぜこんなにすっぱいのかという質問《しつもん》が出《で》た。『ぼくが、すっぱいのが好《す》きだからです！』と答《こた》えたら、社長《しゃちょう》に、『君《きみ》の好《この》みはきいていない。』といわれ玉砕《ぎょくさい》したことがある。」

（がーん。）

ナナミほどガリガリ君《くん》を愛《あい》している人《ひと》は、日本全国《にっぽんぜんこく》をさがしてもいないと思《おも》う。そのナナミが食《た》べたい！　と思《おも》ってもここでは通用《つうよう》しない。

「なぜ、そのフレーバーなのか。どうして、こういう味《あじ》にしたのか。いま、どういうものが求《もと》められているのか。」

マロン先輩《せんぱい》が続《つづ》ける。

「自分《じぶん》の感覚《かんかく》は、もちろん大事《だいじ》。だけど、好《この》みだけではだめなんだ。」

ナナミは、うなずいた。

これは仕事《しごと》なのだ。

どんな商品《しょうひん》も『お客《きゃく》さまが求《もと》めている。』、もしくは、『こういうものがほしかった。』と、お客《きゃく》さまの心《こころ》の奥《おく》にひそんでいる気《き》もちを、呼《よ》びおこすようなものでなければいけないのである。

マロン先輩《せんぱい》は、おいしいと評判《ひょうばん》のお菓子《かし》があると、すぐに食《た》べにいっている。お菓子《かし》だけじゃない。パスタやハンバーガーなども、商品開発部《しょうひんかいはつぶ》の人《ひと》たちと食《た》べにいく。

ナナミは、いっしょに行《い》かせてもらうことにした。

さらにナナミは、新聞《しんぶん》や雑誌《ざっし》、インターネットなどで情報《じょうほう》を集《あつ》めた。

フレーバーを作《つく》る第一歩《だいいっぽ》は、世《よ》の中《なか》の動《うご》きをつかむことなのである。

ナナミは次《つぎ》の休日《きゅうじつ》、同期入社《どうきにゅうしゃ》のエイタとコウジロウをさそって、東京《とうきょう》のカフェにきていた。ふたりは、工場研修《こうじょうけんしゅう》のとき、いっしょにはたらいていた仲間《なかま》である。

元気《げんき》が服《ふく》を着《き》て歩《ある》いているようなエイタと、のんびりしたコウジロウ。

エイタは、希望《きぼう》していた営業部《えいぎょうぶ》にいる。

一方《いっぽう》、大学《だいがく》で機械《きかい》のしくみを学《まな》んできたコウジロウは、工場《こうじょう》に配属《はいぞく》されていた。

今日《きょう》は、『おいしいものを知《し》らないと、おいしいものは作《つく》れない。』をテーマに、日本《にっぽん》でいちばんおいしいといわれるショートケーキを食《た》べに、電車《でんしゃ》で二時間《じかん》かけてやってきたのである。

「うわ〜。」

ナナミは、目《め》の前《まえ》におかれたショートケーキをじっと見《み》つめた。クリームをすくって口《くち》に入《い》れる。

「おいしい！」

「やっぱりちがう？」

エイタが、ナナミの顔《かお》を見《み》る。

「うん。牛乳《ぎゅうにゅう》の香《かお》りがしっかりしていて、すごく上品《じょうひん》な甘《あま》さ。」

「おれ、わかんない。」

「ぼくも……。」

エイタとコウジロウが、ショートケーキをほおばりながら苦笑《にがわら》いしている。

「商品開発部《しょうひんかいはつぶ》で、最初《さいしょ》に味覚試験《みかくしけん》を受《う》けたの。酸味《さんみ》、苦味《にがみ》、甘味《あまみ》、うま味《み》、塩味《えんみ》。この五つの味《あじ》を、きちんと感《かん》じとれなければ、フレーバー作《づく》りはできないから。」

「どうやるの？」

エイタにたずねられ、ナナミは、手《て》を動《うご》かしながら説明《せつめい》をはじめる。

「小《ちい》さなプラスチックのコップが、机《つくえ》の上《うえ》に五つならべられていてね、中《なか》には水《みず》が入《はい》っているの。そのなかのひとつだけ、わずかに甘味《あまみ》とか苦味《にがみ》がつけてあって、それを当《あ》てるんだ。」

ナナミは、コップを口《くち》もとに持《も》っていくような手《て》ぶりをする。

「自信《じしん》ない。」

エイタが顔《かお》をしかめる。となりでコウジロウも、首《くび》を横《よこ》にふっている。

「大丈夫《だいじょうぶ》。一回《かい》でわからなくても、この訓練《くんれん》を何日《なんにち》も続《つづ》けていくと舌《した》がきたえられて、だれでもわかるようになるんだって。」

エイタは、ちょっとほっとした表情《ひょうじょう》で、ショートケーキの上《うえ》にのったイチゴを口《くち》にほうりこむ。

「で、どうなの？　商品開発部《しょうひんかいはつぶ》。おもしろい？」

イチゴを飲《の》みこむと、ナナミにたずねた。

「うーん、まだ、なにもやらせてもらえないんだよね。」

「どういうこと？」

「毎日毎日《まいにちまいにち》、計量《けいりょう》ばっかり。牛乳《ぎゅうにゅう》とか、クリームチーズとか、砂糖《さとう》とか、チョコレートとか、生《なま》クリームとか……。」

ナナミは、思《おも》いつくかぎりの材料《ざいりょう》をならべる。

「新製品《しんせいひん》のフレーバーが作《つく》れると思《おも》っていたのに、そんな仕事《しごと》ばっかり。エイタはどう？　営業《えいぎょう》の仕事《しごと》、大変《たいへん》？」

「おれ？　店《みせ》でガリガリ君《くん》をならべているよ。」

「ならべる？　売《う》りまくっているんじゃないの？」

ナナミはおどろいて、ききかえした。

「スーパーマーケットに行《い》ったら、倉庫《そうこ》から段《だん》ボール箱《ばこ》ごと運《はこ》んできて、ガリガリ君《くん》を売《う》り場《ば》にならべる。そればっかり。」

エイタは、半分《はんぶん》食《た》べたショートケーキを見《み》つめたまま、フォークを皿《さら》の上《うえ》においた。

「おれは、スーパーマーケットの店員《てんいん》じゃないんだけどな。」

そういって、ふっと短《みじか》いため息《いき》をつく。

となりでコウジロウが、コーヒーをすりながら、ふたりの話《はなし》をきいている。

エイタが顔《かお》をあげて、コウジロウを見《み》る。

「コウジロウは？　希望《きぼう》した配属先《はいぞくさき》は、生産技術課《せいさんぎじゅつか》だったよな。」

生産技術課《せいさんぎじゅつか》は、工場《こうじょう》の機械《きかい》の整備《せいび》や点検《てんけん》をするところだ。新《あたら》しいアイスクリームを作《つく》るときは、いまの機械《きかい》で作《つく》れるかどうか考《かんが》えたりもする。

けれどコウジロウは、生産技術課《せいさんぎじゅつか》ではなく、アイスクリームを作《つく》る工場《こうじょう》に配属《はいぞく》されていた。

コウジロウは、ふたりの顔《かお》をかわるがわる見《み》ると、コーヒーカップをテーブルの上《うえ》にもどした。

「工場《こうじょう》でガリガリ君《くん》を作《つく》っていると、いろんなことが起《お》きるんだ。だから、必《かなら》ず、人《ひと》が確《かく》認《にん》していかないとだめなんだよね。」

「そういえば、しょっちゅう、音楽《おんがく》が鳴《な》っていたね。」

ナナミが、工場研修《こうじょうけんしゅう》を思《おも》いだしながらいう。

機械《きかい》がトラブルを起《お》こすと、知《し》らせるために音楽《おんがく》が流《なが》れるのだ。

「『おどるポンポコリン』を家《いえ》できくと、どきっとする。」

「おれは、夢《ゆめ》に出《で》てきたことがある……。」

トラブルを起《お》こしている場《ば》所《しょ》がすぐにわかるように、場《ば》所《しょ》によって流《なが》れる曲《きょく》もちがう。

「わたし、サザンが好《す》きだったのに、工場《こうじょう》で使《つか》っているあの曲《きょく》だけきらいになった。」

三人《にん》で、あるある、と苦笑《にがわら》いだ。

サザンオールスターズにとっては、とんだ営業妨害《えいぎょうぼうがい》である。

「このあいだもね。」

コウジロウが、ふたたび話《はな》しはじめた。

「カップのアイスクリームを、テスト生産《せいさん》することになったんだ。」

「おいしそう。」

ナナミが、アイスクリームの味《あじ》を思《おも》いうかべてしあわせそうな顔《かお》をする。

「工場《こうじょう》で生産《せいさん》するときって、注《そそ》ぎ口《ぐち》の機械《きかい》が、がしゃん、がしゃんって、上下《じょうげ》に動《うご》いてカップに入《い》れていくじゃない。だけど、そのアイスクリームの材料《ざいりょう》は、脂肪分《しぼうぶん》がたっぷりだったんだ。」

「いやな予感《よかん》。」

ナナミが、まゆをしかめる。

「え？　どうなるの？」

エイタは、わけがわからず、ナナミの顔《かお》を見《み》る。

「それって、牛乳《ぎゅうにゅう》からバターを作《つく》るときの動《うご》きだよね？」

ナナミがいうとコウジロウが、そのとおりとうなずいた。

バターを作《つく》るときは、冷《つめ》たい牛乳《ぎゅうにゅう》の入《はい》った入《い》れ物《もの》をしゃかしゃかとふる。そうすると、脂肪分《しぼうぶん》が固《かた》まってバターができるのだ。

「工場《こうじょう》で、おなじ動《うご》きをなんどもくりかえしていくうちに、注《そそ》ぎ口《ぐち》のあたりで、アイスクリームの脂肪分《しぼうぶん》がバター状《じょう》になっちゃって。」

「やばいじゃん。」

エイタもやっと、状況《じょうきょう》が飲《の》みこめたようだ。

「バター状《じょう》のものがどんどんできて、ねっとりと機械《きかい》にまとわりつき……。」

ふたりがコウジロウを見《み》つめる。

「がしゃん、がしゃんとリズミカルに動《うご》いていた機械《きかい》が、だんだん、がしゃあん、がしゃあん、……と、もったりとした動《うご》きになって。」

「やだー、ホラー！」

ナナミが、顔《かお》をひきつらせる。

「最後《さいご》、がっ、しゃ、ああ、ん……って、止《と》まる。」

しーん。

ナナミとエイタが、コウジロウの顔《かお》を見《み》つめたままじっと動《うご》かない。

工場《こうじょう》で、機械《きかい》が止《と》まるなんて大大大事件《だいだいだいじけん》なのである。

「生産技術課《せいさんぎじゅつか》の人《ひと》が、機械《きかい》を調《しら》べて、いろいろ調整《ちょうせい》していた。大量生産《たいりょうせいさん》するときは、何時間《なんじかん》も機械《きかい》を動《うご》かしつづけるから、こういうことが起《お》きるんだ。工場《こうじょう》にいると、すごく勉強《べんきょう》

になるよ。」

勉強《べんきょう》になる。

コウジロウの言葉《ことば》をきいたナナミとエイタは、急《きゅう》におとなしくなった。

「わたし、計量《けいりょう》ばっかりやらされているけれど、でも、計量《けいりょう》って大切《たいせつ》だよね？　だって、ちょっと分量《ぶんりょう》がちがうと、味《あじ》がぜんぜん変《か》わっちゃうんだもの。」

ナナミは、真剣《しんけん》な顔《かお》のまま続《つづ》ける。

「このあいだ、マロン先輩《せんぱい》が、味見《あじみ》をさせてくれたの。新《あたら》しいフレーバーを作《つく》っていたときに、千ミリリットルのアイスクリームミックスの中《なか》に、ほんの一滴《てき》、ほんとうにたった一滴《てき》だけ、お酒《さけ》をたらしたの。」

エイタとコウジロウがふしぎな顔《かお》をする。

「ほんの一滴《てき》。学校《がっこう》のプールにコップ一杯《ぱい》の水《みず》を入《い》れるような感《かん》じ。」

「それって意味《いみ》あるの？」

エイタが、あきれたようにたずねる。

「でしょ？　それが劇的《げきてき》に変《か》わるの。びっくりする。甘《あま》さの感《かん》じかたが、ぜんぜんちがってくるの。」

ナナミは、そのときのおどろきを伝《つた》える。

「そっか、計量《けいりょう》がちゃんとできなければ、フレーバーなんて作《つく》れないんだ。」

ナナミは、食《た》べかけのショートケーキのことも忘《わす》れて、ひとりでうなずいている。

エイタが、コーヒーをすすりながらつぶやく。

「商品《しょうひん》ならべにも、なんか意味《いみ》があるのかなあ。」

ナナミが、うーん……と、首《くび》をかしげる。

「ま、とりあえず、がんばってみるか！」

エイタが大《おお》きな声《こえ》でいうと、コウジロウは、にこにこしながらうなずいていた。

2

ガリプロ会議《かいぎ》のメンバーになった！

季節《きせつ》はうつり、夏《なつ》がきた。

稲葉《いなば》ナナミ、入社《にゅうしゃ》二年目《ねんめ》の七月《がつ》。

完《かん》ぺきな計量《けいりょう》ができるようになり、開発《かいはつ》の基本《きほん》を身《み》につけたナナミは、少《すこ》しずつリニューアルする商品《しょうひん》をまかされるようになってきた。

リニューアルは、いままでのフレーバーを、もっとおいしく作《つく》りかえる作業《さぎょう》だ。

はじめて手《て》がけた、ガリガリ君《くん》のいちご味《あじ》が店《みせ》にならんだときは、うれしくていくつも買《か》ってきた。

しかし、勝負《しょうぶ》はここからだ。

ナナミの目標《もくひょう》は、自分《じぶん》で提案《ていあん》した新《あら》たなフレーバーのガリガリ君《くん》を、自分《じぶん》で作《つく》ることなのである。

ガリガリ君《くん》は、毎年《まいとし》、さまざまなフレーバーが登場《とうじょう》する。

会社《かいしゃ》では年《ねん》に一度《ど》、ガリガリ君《くん》コンテストを開催《かいさい》していた。

こんなフレーバーがほしい、あったらいいなというものは、だれでもメールで送《おく》ったり、紙《かみ》に書《か》いて応募箱《おうぼばこ》に入《い》れるなどして提案《ていあん》できるのだ。

しかし、それよりも確実《かくじつ》に提案《ていあん》でき、さらにどんなフレーバーを作《つく》るか最終的《さいしゅうてき》に決《き》められるのは、ガリガリ君《くん》プロジェクト会議《かいぎ》、通称《つうしょう》、ガリプロ会議《かいぎ》のメンバーである。

ガリプロ会議《かいぎ》は、フレーバーを決《き》めるだけではない。テレビコマーシャルや年間計画《ねんかんけいかく》なども考《かんが》える、まさに、ガリガリ君《くん》のための会議《かいぎ》なのだ。

メンバーは、商品開発部《しょうひんかいはつぶ》、マーケティング部《ぶ》、購買部《こうばいぶ》、品質保証部《ひんしつほしょうぶ》から、それぞれひとりかふたりが選《えら》ばれている。

パッケージデザイナーも入《はい》る。

そして、もうひとり。それは社長《しゃちょう》だ。社長《しゃちょう》は、CGO《シージーオー》。チーフ（Chief）・ガリガリ君《くん》（Gari Gari kun）・オフィサー（Officer）。

ガリガリ君《くん》の総責任者《そうせきにんしゃ》なのである。

ナナミは、ガリプロ会議《かいぎ》のメンバーになりたいと猛《もう》アピールをした。

そして今月《こんげつ》、ついに願《ねが》いがかなったのである。

商品開発部《しょうひんかいはつぶ》からは、マロン先輩《せんぱい》とナナミのふたりがメンバーだ。

ナナミには、ひとつの目標《もくひょう》となるフレーバーがあった。

『ガリガリ君《くん》リッチ』シリーズの、コーンポタージュ味《あじ》、略《りゃく》してコンポタ味《あじ》である。

ガリガリ君《くん》には、七十円《えん》で買《か》えるもののほかに、ふたつのシリーズがある。

ひとつは、『大人《おとな》なガリガリ君《くん》』。百円《えん》。

果汁《かじゅう》をたっぷり入《い》れた、ジューシーな味《あじ》わい。パッケージも、わんぱくなガリガリ君《くん》が小《ちい》さめで、大人《おとな》でも手《て》にとりやすいくふうがしてある。

もうひとつは、『ガリガリ君《くん》リッチ』。百四十円《えん》。

斬新《ざんしん》なアイディアをとりいれた、味《あじ》わいもユーモアもリッチ（たっぷり）なシリーズだ。

コンポタ味《あじ》は、リッチシリーズのなかでも、衝撃《しょうげき》シリーズの第《だい》一弾《だん》として発売《はつばい》された。

アイスなのにコーンポタージュスープの味《あじ》。しかもコーンのつぶ入《い》りというとんでもないコンセプトは、報道発表《ほうどうはっぴょう》をしたとたん、ちまたでは大騒《おおさわ》ぎになった。

そして、販売《はんばい》を開始《かいし》したと思《おも》ったら爆発的《ばくはつてき》に売《う》れ、なんと三日《みっか》で販売休止《はんばいきゅうし》に追《お》いこまれたという伝説《でんせつ》の商品《しょうひん》である。

コンポタ味《あじ》を提案《ていあん》して作《つく》ったのは、当時《とうじ》、入社《にゅうしゃ》して二年目《ねんめ》の商品開発部《しょうひんかいはつぶ》の社員《しゃいん》。いまは、マーケティング部《ぶ》でガリプロ会議《かいぎ》メンバーでもある、オカモト先輩《せんぱい》である。

稲葉《いなば》ナナミ。入社《にゅうしゃ》二年目《ねんめ》。

ここで、コンポタ味《あじ》に勝《まさ》るとも劣《おと》らないヒット作《さく》を作《つく》らなければ、オカモト先輩《せんぱい》に負《ま》けてしまう。

いや、仕事《しごと》が勝《か》ち負《ま》けでないことくらい、わかっている。

しかし、目標《もくひょう》は大切《たいせつ》なのだ。

人《ひと》は、目指《めざ》す方向《ほうこう》を見失《みうしな》ったら、前《まえ》へ進《すす》めない。

(コンポタのような、大《だい》ヒット作《さく》を作《つく》りたい!)

いま、ナナミの瞳《ひとみ》の奥《おく》には、やる気《き》の炎《ほのお》が燃《も》えたぎっていた。

しかし、コンポタ味《あじ》のような大《だい》ヒット作《さく》は、そうそう出《だ》せるものではない。

その証拠《しょうこ》に、赤城乳業《あかぎにゅうぎょう》には、ナポリタン味《あじ》という悪夢《あくむ》がある。

コンポタ味《あじ》のヒットに気《き》をよくした会社《かいしゃ》は、『攻《せ》めの姿勢《しせい》でいくぞ!』ともりあがり、第二弾《だいだん》としてシチュー味《あじ》を出《だ》し、さらに第三弾《だいだん》として、まさに衝撃《しょうげき》の、ナポリタン味《あじ》を発売《はつばい》した。

提案《ていあん》したのは、ハギワラ部長《ぶちょう》。

その当時《とうじ》、ガリプロ会議《かいぎ》のメンバーだったハギワラ部長《ぶちょう》の『ナポリタンが食《た》べられるレストランがふえている。』という気合十分《きあいじゅうぶん》な説明《せつめい》に、全員《ぜんいん》が催眠術《さいみんじゅつ》にかかったように販売《はんばい》が決定《けってい》。

思考回路《しこうかいろ》がマヒした商品開発部《しょうひんかいはつぶ》は、忠実《ちゅうじつ》にフレーバーを作《つく》りあげ、『ハギワラ部長《ぶちょう》、ピーマンの苦味《にがみ》が再現《さいげん》できました！』と、よろこびいさんで報告《ほうこく》した。

冷静《れいせい》に考《かんが》えれば、ナポリタンの、いや、ピーマンの味《あじ》がするガリガリ君《くん》を食《た》べたいという子《こ》どもがいるはずもなく、結果《けっか》としてナポリタン味《あじ》は大失敗《だいしっぱい》に終《お》わった。

数億円《すうおくえん》の赤字《あかじ》を出《だ》した、いわばガリガリ君《くん》の黒歴史《くろれきし》である。

では、ハギワラ部長《ぶちょう》は責任《せきにん》をとって会社《かいしゃ》をやめたのかというと、とんでもない。

なんと赤城乳業《あかぎにゅうぎょう》は、失敗大歓迎《しっぱいだいかんげい》の会社《かいしゃ》だったのだ。

失敗《しっぱい》は、挑戦《ちょうせん》をした結果《けっか》である。

なにもしないでいるよりも、失敗《しっぱい》をおそれず挑戦《ちょうせん》した人《ひと》は、えらいのである。

もちろん、なにもおとがめがなかったわけではない。

赤城乳業《あかぎにゅうぎょう》には、プレイズ&《アンド》ペナルティ（賞賛《しょうさん》と罰則《ばっそく》）という制度《せいど》がある。会社《かいしゃ》にとっていいことをした人《ひと》はプレイズ。ぎゃくに、失敗《しっぱい》するとペナルティである。

ペナルティは、ボーナスから三万円《まんえん》が没収《ぼっしゅう》される。

でも、それで終《お》わり。これで帳消《ちょうけ》し。

だからまた、思《おも》いきり挑戦《ちょうせん》ができるというわけだ。


ナナミにとって、はじめてのガリプロ会議《かいぎ》の日《ひ》がやってきた。

前日《ぜんじつ》から気合十分《きあいじゅうぶん》で、会議開始《かいぎかいし》の二十分《ぶん》も前《まえ》から、会議室《かいぎしつ》にきてしまった。

「早《はや》いね〜。」

そういって入《はい》ってきたのは、ガリガリ君《くん》のパッケージのデザインを手《て》がけるデザイナーのタカハシさんである。

タカハシさんのデザインオフィスは東京《とうきょう》の青山《あおやま》にあるため、毎回《まいかい》、二時間近《じかんちか》くかけて電《でん》車《しゃ》で埼玉《さいたま》にある赤城乳業本社《あかぎにゅうぎょうほんしゃ》までやってくる。

次《つぎ》にあらわれたのは、品質保証部《ひんしつほしょうぶ》のメガネ先輩《せんぱい》。

メガネの奥《おく》の目《め》は、いつもクールにものごとを見《み》ている。

品質保証部《ひんしつほしょうぶ》は、お客《きゃく》さまに迷惑《めいわく》がかからないよう、さまざまなところできびしく目《め》を光《ひか》らせているのである。

続《つづ》いて、購買部《こうばいぶ》。声《こえ》の大《おお》きなガハハ先輩《せんぱい》がやってきた。

購買部《こうばいぶ》は、ガリガリ君《くん》を作《つく》るための材料《ざいりょう》を調達《ちょうたつ》してくるところだ。

ガリガリ君《くん》を売《う》るための戦略《せんりゃく》をたてる、マーケティング部《ぶ》のオカモト先輩《せんぱい》と、商品開発《しょうひんかいはつ》部《ぶ》のマロン先輩《せんぱい》もやってきた。

マロン先輩《せんぱい》は、発泡《はっぽう》スチロールの小《ちい》さな箱《はこ》と、まな板《いた》も運《はこ》びこんでいる。

全員《ぜんいん》がそろったところで、最後《さいご》に会議室《かいぎしつ》に入《はい》ってきたのは、社長《しゃちょう》である。

ナナミは、緊張《きんちょう》した。

なんたって社長《しゃちょう》である。入社《にゅうしゃ》二年目《ねんめ》のナナミが、おいそれといっしょの会議《かいぎ》に出《で》られるような人《ひと》じゃない。

ナナミが緊張《きんちょう》で固《かた》まっていると、マーケティング部《ぶ》のオカモト先輩《せんぱい》の進行《しんこう》で、会議《かいぎ》がはじまった。

最初《さいしょ》に、ガリガリ君《くん》の売《う》れゆきの説明《せつめい》があり、次《つぎ》に、いま販売《はんばい》しているフレーバーのリニューアルについて、話《はな》しあわれる。

マロン先輩《せんぱい》が、持《も》ってきた発泡《はっぽう》スチロールの箱《はこ》から、試作品《しさくひん》をとりだした。

「キウイ味《あじ》のリニューアルです。感想《かんそう》をきかせてください。」

そういって、まな板《いた》の上《うえ》でキウイ味《あじ》のガリガリ君《くん》の棒《ぼう》をはずしながら、八等分《とうぶん》に切《き》りわけた。

ひと口《くち》サイズになったガリガリ君《くん》がのせられた白《しろ》いトレイが、全員《ぜんいん》にまわされていく。

ひとりずつ、かけらをつまんで口《くち》に入《い》れる。

デザイナーのタカハシさんは、食《た》べる前《まえ》にデジタルカメラで写真《しゃしん》をとっている。パッケージデザインに色《いろ》をつけるときの参考《さんこう》にするのだ。

全員《ぜんいん》が味《あじ》わうあいだ、マロン先輩《せんぱい》が神妙《しんみょう》な顔《かお》をしている。

口《くち》の中《なか》のガリガリ君《くん》がとけてなくなった人《ひと》から、意見《いけん》が出《で》る。

「味《あじ》が、変《か》わったことがわかりづらいね。」

「やはりそうですか。いまのものと食《た》べくらべてみると、かなりちがうんですが。」

「お客《きゃく》さまは、食《た》べくらべないからねえ。」

「ひさしぶりに買《か》って食《た》べたときに、お?ってわかるくらいじゃないと。」

「大人《おとな》シリーズなので、果汁《かじゅう》の量《りょう》をふやしますか。でも、材料費《ざいりょうひ》はこれ以上《いじょう》、かけられないので……。」

「じゃあ、ぎゃくに果汁《かじゅう》をへらしちゃえば?」

「そのほうが、ガリガリ君《くん》っぽいかも!」

「報道発表《ほうどうはっぴょう》は、『果汁《かじゅう》を思《おも》いきってへらしてみました!』とか。」

「あはは!」

「『さらに食《た》べやすくなりました!』とかね。」

「いいね、それ!」

「わっはっは!」

「じゃ、ガリガリ君《くん》の絵《え》もパッケージから小《ちい》さくしてみる?」

「ガリガリ君《くん》をさがせ!」

「もしかしたら、いないかも?」

「いないの？」

「あっはっは！」

「わははははは！」

（………………）

ナナミは、あぜんとした。

とても、社長《しゃちょう》を前《まえ》にしての会議《かいぎ》とは思《おも》えないなごやかさ。あまりに軽《かる》いノリにびっくりである。

ひととおり笑《わら》ったあとに、オカモト先輩《せんぱい》が話《はなし》をもとにもどす。

「では、果汁《かじゅう》をどうしますか？」

急《きゅう》に真顔《まがお》にもどったマロン先輩《せんぱい》が、説明《せつめい》をはじめた。

「大人《おとな》シリーズなので、もっと本物《ほんもの》の味《あじ》にしたいんです。ただ、材料費《ざいりょうひ》がきびしいので、そこをなんとか。」

そういって、右《みぎ》どなりにすわっている購買部《こうばいぶ》のガハハ先輩《せんぱい》のほうをちらりと見《み》る。

「おれ？」

ガハハ先輩《せんぱい》が、おどろいたようにたずねる。

「ほかに、だれがいるんですか。」

マロン先輩《せんぱい》が、ガハハ先輩《せんぱい》を見《み》ながらゆっくりとうなずく。

「購買部《こうばいぶ》。果汁《かじゅう》を安《やす》く調達《ちょうたつ》してきて。」

オカモト先輩《せんぱい》が、明《あか》るい声《こえ》でいう。

「購買部《こうばいぶ》、がんばれ！」

タカハシさんも、笑顔《えがお》ではっぱをかけている。

「いやあ、そうかんたんじゃないんですけれど……よっしゃ、なんとかします！」

ガハハ先輩《せんぱい》が、力強《ちからづよ》くうなずいた。


「じゃ、今日《きょう》のメインテーマ。」

オカモト先輩《せんぱい》が、次《つぎ》の議題《ぎだい》に進《すす》める。

「ちょうど一年後《ねんご》ですね。来年《らいねん》の夏《なつ》のガリガリ君《くん》について。フレーバーの提案《ていあん》をお願《ねが》いします。社長《しゃちょう》からいきますか？」

オカモト先輩《せんぱい》が、となりにすわる社長《しゃちょう》に声《こえ》をかける。

「いや、おれがいうと、みんなが気《き》をつかっちゃうから、いちばん最後《さいご》で。」

「わかりました。じゃあ、購買部《こうばいぶ》から。」

「プロテイン。それから、バナナ。あと、ブラッドオレンジ。」

ガハハ先輩《せんぱい》がプロテインといった瞬間《しゅんかん》に、全員《ぜんいん》が、はあ？という顔《かお》になる。

「いやいや、現代人《げんだいじん》はタンパク質《しつ》が足《た》りないんですよ。これを食《た》べて健康《けんこう》になる。ジムでがしがしトレーニングしたあとに、さっと食《た》べてもらうコンセプトでどうですかね？」

「そういえば、ガハハ先輩《せんぱい》はジムに行《い》きはじめたの？」

「いや、ジムに行《い》く前《まえ》に、食《た》べるものへらせってヨメにいわれちゃって……。」

「わはは！」

「あはっは。」

夏《なつ》はガリガリ君《くん》が、いちばん売《う》れる季節《きせつ》。いわば、ガリガリ君《くん》のエースを検討《けんとう》しようというのに、じつにゆるい会議《かいぎ》である。

「じゃ、ブラッドオレンジでぜひ。これが決《き》まったら、購買部《こうばいぶ》としては、イタリアの生産《せいさん》地《ち》に出張《しゅっちょう》に行《い》かなくっちゃ！」

「それが目的《もくてき》だろ。」

「え？　いやあ？」

ガハハ先輩《せんぱい》はとぼけてみせるけれど、イタリアに行《い》きたいオーラが全身《ぜんしん》からはなたれている。

「次《つぎ》、品質保証部《ひんしつほしょうぶ》。」

「ぼくが、考《かんが》えてきたのは、パッションフルーツ、ラ・フランス。グァバ。りんご。」

「なるほど。」

「そうきたか。」

次々《つぎつぎ》と、フレーバーが提案《ていあん》されていく。

「じゃ、稲葉《いなば》。」

きた！

ナナミは、息《いき》を吸《す》いこんだ。

「わたしは、干《ほ》し柿《がき》と、梅《うめ》ジュースです！」

千本《ぼん》アイディア出《だ》しでフレーバーを千個以上《こいじょう》、出《だ》した。そのなかで、このふたつは、どうしても実現《じつげん》させたいと思《おも》っていたのだ。

「干《ほ》し柿《がき》！」

「若《わか》いのに、アイディアがしぶい！」

あちこちから声《こえ》がかかる。

いちばん遠《とお》い席《せき》にすわるオカモト先輩《せんぱい》が、にやっと笑《わら》って、ホワイトボードに干《ほ》し柿《がき》、梅《うめ》ジュースと書《か》いている。

「どうして、干《ほ》し柿《がき》？」

「甘《あま》くておいしいからです。柿《かき》は、まだガリガリ君《くん》では出《で》ていない果物《くだもの》です。それに、柿《かき》はカロチンが豊富《ほうふ》なので、風邪《かぜ》もひきにくいですし。」

メンバーが、ナナミの話《はなし》をきいている。

「でもそれだったら、冬《ふゆ》の商品《しょうひん》じゃない？　柿《かき》は秋《あき》だし、干《ほ》し柿《がき》は、冬《ふゆ》？」

「真《ま》ん中《なか》の種《たね》の部分《ぶぶん》、つるんとしているゼリーみたいなところは、ジュレを使《つか》うとか？　だとしたら、ガリガリ君《くん》より、果汁《かじゅう》をたくさん入《い》れられる、大人《おとな》シリーズのほうがよさそうだね。」

先輩《せんぱい》たちのいうことは、もっともだった。

「じゃ、ふたつめ。梅《うめ》ジュース。これはどんなコンセプト？」

「駄菓子屋《だがしや》さんの梅《うめ》ジャムは、子《こ》どもに人気《にんき》です。それに、梅酒《うめしゅ》の梅《うめ》の実《み》も、好《す》きな子《こ》はたくさんいます。でも、梅酒《うめしゅ》は、お酒《さけ》だから飲《の》めない。梅《うめ》ジュースはあまり売《う》っていない。好《す》きなのに、なかなか手《て》に入《はい》らない味《あじ》なので、ガリガリ君《くん》で作《つく》りたいんです。」

「駄菓子屋《だがしや》の味《あじ》っていうのは、いいね。」

「ガリガリ君《くん》らしい。」

みんなが、うなずいている。

オカモト先輩《せんぱい》から質問《しつもん》が出《で》た。

「だったら、梅《うめ》ジャムでいいんじゃない？　どうして梅《うめ》ジュース味《あじ》？」

「梅《うめ》ジャムだと、ちょっと甘《あま》くて後味《あとあじ》が悪《わる》いと思《おも》うんです。夏《なつ》だし、梅《うめ》ジャムより梅《うめ》ジュースがいいと思《おも》います。」

「だけど、家《いえ》で梅酒《うめしゅ》を作《つく》る家《いえ》もへったし、いまの子《こ》は、梅《うめ》の実《み》や梅《うめ》ジュース味《あじ》ってわかるのかな。」

「梅《うめ》ジャムと、梅《うめ》ジュースはちがうしね。」

メンバーから次々《つぎつぎ》と出《で》る質問《しつもん》に、答《こた》えることができずナナミは下《した》をむいた。

(自分《じぶん》が好《す》き、というだけじゃだめ。ちゃんと理由《りゆう》をしめせ。)

マロン先輩《せんぱい》にいわれていたのに、準備不足《じゅんびぶそく》だった。

最後《さいご》に社長《しゃちょう》が、ピンクグレープフルーツを提案《ていあん》して、フレーバー候補《こうほ》が出《で》そろった。

「このなかから、どうしますか。」

ホワイトボードに書《か》きだしたフレーバーは、ぜんぶで三十種類《しゅるい》ほど。

ひとつずつ、話《はな》しあいながら候補《こうほ》から落《お》とされていく。

プロテインと干《ほ》し柿《がき》は、まっさきに横線《よこせん》で消《け》されたけれど、梅《うめ》ジュースはずっと残《のこ》っている。

ナナミは、どきどきしながら見《み》まもった。

「梅《うめ》ジュース。どうしますか。」

オカモト先輩《せんぱい》が、全員《ぜんいん》に問《と》いかける。

「おもしろそう。」

タカハシさんが、賛成《さんせい》と手《て》をあげている。

（え、ほんとに？）

「うん、ちょっと食《た》べてみたいかも。」

（メガネ先輩《せんぱい》も！）

「アルコール入《い》れる？」

「社長《しゃちょう》！　それはだめです！」

社長《しゃちょう》が、ガハハ先輩《せんぱい》にしかられてうれしそうに笑《わら》っている。

「じゃ、六月《がつ》は、梅《うめ》ジュースと、ブラッドオレンジでいきますか。」

オカモト先輩《せんぱい》が、しめくくる。

ナナミのほおが、熱《あつ》くなっていく。

（ほんとに？　ほんとに？）

「ありがとうございます！」
　机《つくえ》におでこがつきそうなくらい、おじぎをして顔《かお》をあげたら、ガハハ先輩《せんぱい》が、イタリアに行《い》けるとうれしそうにガッツポーズしているのが見《み》えた。

3

フレーバー作《づく》りは むずかしい

ナナミ、はじめてのオリジナル・フレーバー作《づく》りがはじまった。

まず、会社《かいしゃ》のパソコンの中《なか》にある、いままでのレシピ集《しゅう》を見《み》てみる。

レシピ集《しゅう》には、ガリガリ君《くん》のソーダ味《あじ》や、グレープフルーツ味《あじ》はもちろん、コンポタ味《あじ》などこれまで作《つく》ったフレーバーの材料《ざいりょう》や、作《つく》りかたが書《か》いてある。

ただ、当然《とうぜん》ながら、梅《うめ》ジュース味《あじ》のレシピはない。

ためしに、インターネットの検索《けんさく》サイトで『梅《うめ》ジュースの作《つく》りかた』と入《い》れて調《しら》べてみたものの、本物《ほんもの》の梅《うめ》の実《み》を使《つか》ったジュースの作《つく》りかたしか出《で》てこなかった。

（そりゃ、そうだよね。）

ガリガリ君《くん》は、七十円《えん》で販売《はんばい》する。だから、七十円以上《えんいじょう》するような本物《ほんもの》の梅《うめ》ジュースを冷《ひ》やして固《かた》めるわけにはいかない。

材料代《ざいりょうだい》として使《つか》える金額《きんがく》は、商品《しょうひん》によって決《き》まっているのだ。

ナナミは、糖類《とうるい》や酸味料《さんみりょう》、香料《こうりょう》を使《つか》って、梅《うめ》ジュースのフレーバーをいちから作《つく》ることにした。

そもそも、コンポタ味《あじ》だってレシピなどなかったはずだ。

ナナミの心《こころ》のライバルであるオカモト先輩《せんぱい》は、なにもないところからあの味《あじ》を作《つく》りだしたのである。

ナナミはもう一度《いちど》、ほかの果物《くだもの》のフレーバーのレシピを見《み》た。

レモン味《あじ》、みかん味《あじ》、ライチ味《あじ》……。

どんな糖類《とうるい》、どんな酸味料《さんみりょう》を使《つか》うと、あの味《あじ》になるのか。

甘《あま》さとすっぱさのバランスで作《つく》られる、果物《くだもの》の味《あじ》わい。

大切《たいせつ》にしたいのは、ジューシーさだ。たとえ、本物《ほんもの》の果汁《かじゅう》が数《すう》パーセントしか入《はい》っていなくても、まるで梅《うめ》ジュースをそのまま飲《の》んだときのようなうれしさを伝《つた》えたい。

七十円《えん》なのに、おいしくて、うれしくて、楽《たの》しくなっちゃうのがガリガリ君《くん》なのである。

ナナミは、頭《あたま》のなかで考《かんが》えながら、梅《うめ》ジュース味《あじ》のレシピを作《つく》っていった。

翌日《よくじつ》。

一枚《まい》の紙《かみ》に印刷《いんさつ》したレシピをにぎりしめて、ナナミはラボで試作《しさく》にとりかかった。

ガリガリ君《くん》の特長《とくちょう》は、外側《そとがわ》のアイス部分《ぶぶん》と、中心部《ちゅうしんぶ》にある、かき氷《ごおり》でできたシャリシャリ氷《ごおり》のバランスのいい食感《しょっかん》と味《あじ》である。

先《さき》に作《つく》るのは外側《そとがわ》のアイス部分《ぶぶん》の、アイスクリームミックスだ。

ナナミが作《つく》ったレシピには、二十一種類《しゅるい》の材料《ざいりょう》が、上《うえ》から一列《れつ》にならんでいる。

上《うえ》に書《か》いてある材料《ざいりょう》から、順番《じゅんばん》に大《おお》きなナベに入《い》れていく。ふしぎなことに、おなじ材《ざい》料《りょう》だというのに、入《い》れる順番《じゅんばん》をまちがえると味《あじ》が変《か》わってしまう。

材料名《ざいりょうめい》のわきには、注意《ちゅうい》すべき点《てん》がメモしてある。

『あたためてから入《い》れる。』

『すぐにまぜると、色《いろ》が悪《わる》くなる。』

『水《みず》にといてから、入《い》れる。』

などなど。

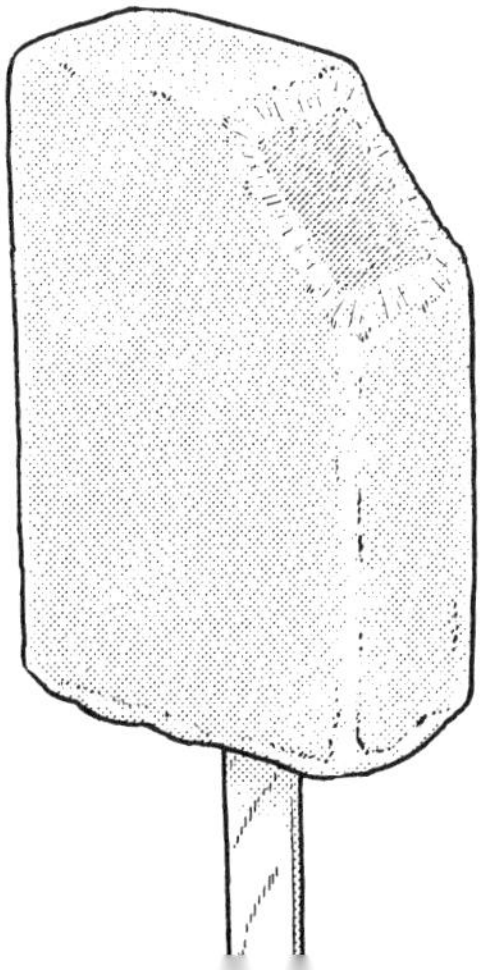

これまた、きちんとやらないと味《あじ》がぜんぜんちがってくる。

材料《ざいりょう》をひとつずつ、はかりながら入《い》れていく。

すっぱさを出《だ》すための酸味料《さんみりょう》は、とけるのに時間《じかん》がかかるので早《はや》めに水《みず》でといておく。甘《あま》さをつける糖類《とうるい》も、すっぱくするための酸味料《さんみりょう》も何種類《なんしゅるい》もあって、それぞれ、少《すこ》しずつ味《あじ》がちがう。どれをどう選《えら》んで、組《く》みあわせるかが勝負《しょうぶ》だ。

ガリガリ君《くん》を作《つく》るための糖類《とうるい》や酸味料《さんみりょう》、色《いろ》をつけていく赤《あか》や黄色《きいろ》の着色料《ちゃくしょくりょう》、香《かお》りをつける香料《こうりょう》などは、すべて植物《しょくぶつ》などの食《た》べられるものからできている。

ガリガリ君《くん》は、子《こ》どもたちも食《た》べる。

安心《あんしん》して食《た》べてもらってこそ、おいしくて楽《たの》しい気《き》もちになれるのだ。

作業台《さぎょうだい》の上《うえ》で、半分《はんぶん》ほどの材料《ざいりょう》をなべに入《い》れたところで、なべごとお湯《ゆ》の中《なか》に入《い》れてあたためていく。直接《ちょくせつ》、火《ひ》にかけるのではなく、湯《ゆ》せんにするのである。

なべの中《なか》の材料《ざいりょう》に、専用《せんよう》の温度計《おんどけい》の先《さき》っちょを入《い》れて、ナナミはなんども確認《かくにん》する。

『あたためてから入《い》れる。』という材料《ざいりょう》は、この温度《おんど》!というタイミングでなべの中《なか》に入《い》れなければいけない。のんびりやっていると、どんどん材料《ざいりょう》の温度《おんど》が上《あ》がってしまい、タイミングをはずしてしまう。

集中《しゅうちゅう》しながら、ひとつひとつすべての材料《ざいりょう》を入《い》れた。

なべの中《なか》には、熱《あつ》くて、どろどろの液体《えきたい》ができあがった。


昼休《ひるやす》み。

ナナミは、もうれつにカツカレーが食《た》べたい気《き》もちを必死《ひっし》におさえた。

午後《ごご》は、香《かお》りづけの作業《さぎょう》。香《かお》りの強《つよ》いカレーで、舌《した》や鼻《はな》が使《つか》い物《もの》にならなくなったらこまるのだ。先輩《せんぱい》たちは、気《き》にしていないみたいだけれど、まだ経験《けいけん》の浅《あさ》いナナミにとっては、用心《ようじん》にこしたことはないのである。

午後《ごご》、ふたたびラボでの作業《さぎょう》がはじまった。

夏《なつ》まっさかりの八月《がつ》の午後《ごご》。

外《そと》はうだるような暑《あつ》さだけれど、ラボの中《なか》はいつも二十度《ど》にたもたれている。工場《こうじょう》の中《なか》とおなじ温度《おんど》だ。

ナナミは、昼休《ひるやす》みに入《はい》る前《まえ》に、どろどろの液体《えきたい》が入《はい》ったなべごと、氷《こおり》の入《はい》った大《おお》きなボウルに入《い》れておいた。

どろどろの液体《えきたい》は、ほどよく冷《ひ》えている。これを、太《ふと》くて大《おお》きな二千ミリリットルのメスシリンダーにうつしていく。

ここから、香《かお》りづけである。

香《かお》りづけこそ、味《あじ》を決《き》めるもっとも大切《たいせつ》な作業《さぎょう》だといっていい。

香《こう》ばしいコショウがきいた唐《から》あげも、鼻《はな》をつまんで食《た》べると、せっかくのコショウの香《かお》りがしなくなる。

高級食材《こうきゅうしょくざい》のマツタケも、風邪《かぜ》をひいて鼻《はな》がつまっているときに食《た》べると、ただのキノコになって残念《ざんねん》な気《き》もちになるらしい。らしい、というのは、ナナミはマツタケを食《た》べたことがないからだ。

しかし、そのくらい、味《あじ》は香《かお》りに左右《さゆう》されるのである。

ナナミは、ラボのわきにあるドアを開《あ》けて、センサリールームに入《はい》った。

センサリールームには、香《かお》りをつけるための材料《ざいりょう》がすべてそろっている。ナナミは、いちばん手前《てまえ》にある背《せ》の低《ひく》い冷蔵庫《れいぞうこ》を開《あ》けた。

液体《えきたい》の香料《こうりょう》が入《はい》った、小《ちい》さなビンがならんでいる。

パイン、マンゴー、オレンジ、ペパーミント、レモン、コーヒー……。

おなじパインでも三種類《しゅるい》ある。

イチゴは、もっと多《おお》い。

ナナミは、〝ウメ〟というラベルのはってあるビンを三本《ぼん》とりだした。

梅《うめ》の香料《こうりょう》は、三種類《しゅるい》あるのだ。

それぞれのビンには、番号《ばんごう》が書《か》いてある。

(どうちがうんだろう?)

三本《ぼん》を持《も》ってセンサリールームを出《で》る。机《つくえ》の上《うえ》におき、ひとつずつふたを開《あ》けて香《かお》りをかいでみた。

はなやか、シャープ、フルーティ……。

三つとも、個性《こせい》がある。

小《ちい》さな紙《かみ》コップのような、使《つか》いすてのプラスチックコップを用意《ようい》した。直径《ちょっけい》は、五センチくらい。高《たか》さは、四センチくらい。

かさねられているコップから、三つをはがすようにとって机《つくえ》の上《うえ》にならべる。どのコップにどの香料《こうりょう》を入《い》れたかわからなくならないように、コップの横《よこ》に油性《ゆせい》ペンで、香料《こうりょう》のビンにあるそれぞれの番号《ばんごう》を書《か》いた。

二千ミリリットルのメスシリンダーに入《はい》っている、どろどろの液体《えきたい》を、太《ふと》いスポイトを使《つか》ってすいあげ、三つのコップに入《い》れていく。

すべておなじ量《りょう》。

コップの内側《うちがわ》に線《せん》があるので、そこまでぴったりと合《あ》わせた。

ここまでやってナナミは、ひとつ深呼吸《しんこきゅう》をすると、かべにかかっている時計《とけい》を見《み》る。

(十三時《じ》二十五分《ふん》。)

ここからは、真剣勝負《しんけんしょうぶ》である。だらだらやっていると、舌《した》の感覚《かんかく》がなくなってしまう。

制限時間《せいげんじかん》は、一時間《じかん》と決《き》めた。

ひとつめのビンのキャップをはずすと、短《みじか》く切《き》ったストローをさしこんだ。

スポイトよりもこの細《ほそ》いストローのほうが、〝ほんの一滴《てき》〟をたらしやすいのだ。

ビンとおなじ番号《ばんごう》を書《か》いた三つのコップに、それぞれの香料《こうりょう》をたらしていく。

ナナミは集中《しゅうちゅう》した。

最初《さいしょ》のコップを手《て》にとると、小《ちい》さなスプーンで中身《なかみ》をぐるぐるとかきまぜ、どろどろの液体《えきたい》をすくう。

集中《しゅうちゅう》して、口《くち》に入《い》れた。

ほわんと、鼻《はな》の奥《おく》に梅《うめ》の香《かお》りが広《ひろ》がっていく。

おもしろいもので、どろどろの液体《えきたい》だけだと、ただ甘《あま》ずっぱいだけ。でも、香料《こうりょう》を入《い》れると味《あじ》が三百パーセント変《か》わる。一気《いっき》に梅《うめ》ジュースの味《あじ》に変《か》わるのだ。

(香料《こうりょう》っておもしろいなあ。)

あらためてナナミは、香《かお》りのすごさを感《かん》じる。

ナナミは、ふたつめのコップを手《て》にとった。おなじようにして、スプーンで口《くち》にふくむ。

梅《うめ》の香《かお》り。

でも、最初《さいしょ》のとは少《すこ》しちがう。

A
2000ml

口《くち》に入《い》れてすぐに香《かお》るのではなく、飲《の》みこんだあとに、のどの奥《おく》でふわりと鼻《はな》にぬけていく感《かん》じ。

香《かお》りは、香《かお》りそのものがちがうだけでなく、香《かお》るタイミングもちがう。

これをうまく組《く》みあわせて、ナナミの理想《りそう》の梅《うめ》ジュース味《あじ》を作《つく》っていくのである。

ナナミは、自分《じぶん》の感《かん》じたことをノートに書《か》きとめた。

ナナミが目指《めざ》しているのは、最初《さいしょ》は、はなやかで、飲《の》みこんだあとにすっきりする梅《うめ》ジュース味《あじ》だ。

三つの香《かお》りをためしたあと、こんどは三種類《しゅるい》の香料《こうりょう》を組《く》みあわせてみる。

一滴《てき》。二滴《てき》……。

組《く》みあわせを変《か》えたり、量《りょう》を変《か》えたりしながら、なんども、なんども、どろどろの液体《えきたい》をすくっては味《あじ》わい、味《あじ》わっては飲《の》みこむ。

ときどき、水《みず》で口《くち》をすすいで舌《した》をリセットする。

五十分《ぶん》が、たとうとしたときだ。

(あれ?)

あわててもう一度《いちど》、スプーンですくって口《くち》に入《い》れる。

集中《しゅうちゅう》する。

これ。この味《あじ》……。

「うん。これかも！」

ナナミが思《おも》う、理想《りそう》の梅《うめ》ジュース味《あじ》ができた。

いきおいにのったナナミは、そのまま色《いろ》にとりかかった。

色《いろ》は、黄緑色《きみどりいろ》。梅《うめ》の実《み》の色《いろ》である。

食用《しょくよう》の花《はな》などから作《つく》った着色料《ちゃくしょくりょう》を使《つか》い、少《すこ》しずつまぜあわせて梅《うめ》の実《み》の色《いろ》にしていく。

色《いろ》がつくと、それらしい雰囲気《ふんいき》になってくる。

外側用《そとがわよう》のアイスクリームミックスが完成《かんせい》した。

さらに、ガリガリ君《くん》のシャリシャリとした食感《しょっかん》である中心部《ちゅうしんぶ》のシャリシャリ氷《ごおり》を作《つく》る。

シャリシャリ氷《ごおり》は、アイスクリームミックスにけずった氷《こおり》をまぜるのだが、食《た》べたときに味《あじ》がうすく感《かん》じないよう、アイスクリームミックスの味《あじ》を少《すこ》し濃《こ》くしておく。

シャリシャリ氷《ごおり》もできあがると、ナナミは、ラボのとなりの部屋《へや》にあるガリガリ君《くん》ミニ工場《こうじょう》にむかった。

ミニ工場《こうじょう》というと、機械《きかい》がずらりとならんでいるようにきこえるけれど、小《ちい》さな部屋《へや》の中央《ちゅうおう》に、冷《つめ》たい特別《とくべつ》な液体《えきたい》が入《はい》った大《おお》きな風呂《ふろ》おけのようなものがあるだけだ。

ガリガリ君《くん》の試作品《しさくひん》は、この大型《おおがた》の風呂《ふろ》おけで冷《ひ》やして手作業《てさぎょう》で作《つく》っていくのである。

まず、ガリガリ君《くん》の型《かた》を用意《ようい》する。

工場《こうじょう》で使《つか》っているのとおなじ、十二個《こ》の型《かた》が横《よこ》一列《れつ》にならんでいるものだ。

型《かた》をマイナス三十二度《ど》以下《いか》になっている、特別《とくべつ》な液体《えきたい》にひたす。ナナミは、中央《ちゅうおう》のひとつの型《かた》だけに外側用《そとがわよう》のアイスクリームミックスを入《い》れた。

すぐにアイスクリームミックスが、固《かた》まってきた。

ぜんぶ固《かた》まりきらないうちに、アイスクリームミックスをすいだす。

アイスクリームミックスが、外《そと》ワクのように凍《こお》って残《のこ》っている。

ここに、シャリシャリ氷《ごおり》を流《なが》しいれる。

木《き》でできたアイス棒《ぼう》をさしこみ、ふたをするように外側用《そとがわよう》のアイスクリームミックスをちょっとだけ入れる。

型《かた》の中《なか》のアイスクリームミックスは、みるみるうちに凍《こお》っていく。

数分後《すうふんご》、ナナミはアイス棒《ぼう》をさわってみた。もう、びくとも動《うご》かない。完全《かんぜん》に凍《こお》って固《かた》まっていた。

（できた……。）

アイス棒《ぼう》を持《も》って型《かた》からとりだすと、ナナミは、ガリガリ君《くん》をじっと見《み》つめた。

そこにあるのは、ナナミが作《つく》ったはじめての、オリジナルのガリガリ君《くん》だった。

「お願《ねが》いします！」

ナナミは大《おお》きな声《こえ》で、ラボで仕事《しごと》をしているマロン先輩《せんぱい》に声《こえ》をかけた。

「おっ、いい色《いろ》だね。」

梅《うめ》ジュース味《あじ》のガリガリ君《くん》を見《み》たマロン先輩《せんぱい》にそういわれて、ナナミはうれしくなった。

机《つくえ》をはさんでむかいあわせにすわると、さっそく、ひと口《くち》サイズに切《き》りわける。

マロン先輩《せんぱい》が、ひとかけらをスプーンですくって口《くち》に入《い》れる。

それを見《み》とどけてから、自分《じぶん》もおなじように口《くち》に入《い》れた。

(あれ？)

いやな予感《よかん》がした。

マロン先輩《せんぱい》も、こまったような顔《かお》でいった。

「味《あじ》が、ぼやけていない？」

「ぼやけて、います……。」

ナナミは、力《ちから》なく答《こた》えた。さっきまで一所懸命《いっしょけんめい》作《つく》っていた、アイスクリームミックスの味《あじ》とはちがっていた。

「アイスクリームミックスは、凍《こお》らせると味《あじ》が変《か》わるからね。」

マロン先輩《せんぱい》がいう。

食《た》べものは、舌《した》にふれたときの温度《おんど》で味《あじ》の感《かん》じかたが変《か》わる。

どろどろの液体《えきたい》だったアイスクリームミックスと、冷《つめ》たく凍《こお》らせたアイスクリームミックスでは、味《あじ》がぜんぜんちがっていた。

「この味《あじ》をおぼえておいて。次《つぎ》に作《つく》るときに、味《あじ》がしっかり出《で》るようにするといいよ。」

ナナミは、マロン先輩《せんぱい》のアドバイスをノートに書《か》きとめる。

マロン先輩《せんぱい》が、まだ首《くび》をかしげている。

「あとね、なんだろう。酸味《さんみ》、かな。」

「酸味《さんみ》、ですか。」

「梅《うめ》ジュース味《あじ》で、お客《きゃく》さまが期待《きたい》するのは、すっぱさでしょ。酸味《さんみ》も、最初《さいしょ》に感《かん》じるのと後《あと》で出《で》てくるのがあるから、後《あと》で出《で》てくる酸《さん》を入《い》れたほうがいいかも。」

「マロン先輩《せんぱい》がそういうなら、やってみます。」

ナナミが、そのことをノートに書《か》こうとすると、マロン先輩《せんぱい》の声《こえ》がした。

「ちょっと待《ま》った。」

マロン先輩《せんぱい》は、きびしい目《め》でナナミを見《み》ている。

「ぼくがいったからやるんじゃない。自分《じぶん》で考《かんが》えて、納得《なっとく》したものを作《つく》りなさい。」

ナナミは、びっくりしてマロン先輩《せんぱい》を見《み》つめる。マロン先輩《せんぱい》が続《つづ》ける。

「自分《じぶん》で考《かんが》えて、これがいいと思《おも》う味《あじ》を作《つく》らないと。じゃないと、ここにいるだれが作《つく》ってもいいことになるよね？」

「えっと、それは……。」

ナナミは、首《くび》を横《よこ》にふる。

これは、ナナミが考《かんが》えて、ナナミが世《よ》に送《おく》りだす味《あじ》なのだ。

だれが作《つく》ってもいいわけじゃない。

「これは、『稲葉《いなば》ナナミが作《つく》った味《あじ》です。』と、胸《むね》をはっていえるものを作《つく》りなさい。いいね？」

ナナミは、マロン先輩《せんぱい》の目《め》を見《み》ながら、大《おお》きくうなずいた。


金曜《きんよう》の夜《よる》になった。

会社《かいしゃ》のカフェスペースには、残業《ざんぎょう》している社員《しゃいん》が数人《すうにん》、コーヒーを飲《の》んで休憩《きゅうけい》している。

「買《か》ってきたぞ。」

エイタが、クーラーバッグの中《なか》から、大量《たいりょう》のアイスクリームをとりだした。

「やったあ！」

「さすが営業部《えいぎょうぶ》！」

ナナミとコウジロウが、うれしそうにテーブルの上《うえ》にならべている。

すべて、今週発売《こんしゅうはつばい》された、ライバルメーカーのアイスクリームたちだ。

「あっ、ピヨピヨ製菓《せいか》のパクチー・レモンアイス！　これ、このあたりに売《う》っていないの。」

ナナミが、目《め》をかがやかせている。

新商品《しんしょうひん》が出《で》ると、商品開発部《しょうひんかいはつぶ》でも試食会《ししょくかい》をしてライバル製品《せいひん》の研究《けんきゅう》をしているけれど、ぜんぶそろわないことがあるのだ。

「おれ、それはパス。」

「ぼくも、パクチーはちょっと……。」

ふたりの言葉《ことば》にはおかまいなしに、ナナミはさっそくスプーンですくって食《た》べはじめた。

ほんのりパクチーの香《かお》りがする。レモン味《あじ》がさわやかで、アジアのリゾートで食《た》べている気分《きぶん》になる。行《い》ったことないけれど。

「この味《あじ》、どうやって作《つく》ったんだろう。」

ナナミは、カップの側面《そくめん》にある材料表《ざいりょうひょう》を見《み》つめた。

エイタが、キャラメルソルトと書《か》かれたカップを開《あ》ける。

ナナミが、すかさずエイタのカップにスプーンをつきさしている。

「おれより先《さき》に食《く》うなよ。」

「いいじゃん、研究《けんきゅう》、研究《けんきゅう》！」

となりではコウジロウが、チョコレートの上《うえ》にナッツがついて、でこぼこしたアイスバーの表面《ひょうめん》をじーっと見《み》つめている。

「新作《しんさく》、うまくいっている？」

エイタにきかれて、ナナミは口《くち》いっぱいのキャラメルソルトアイスをもごもごさせて飲《の》みこんだ。

「うん。でも、なかなかうまくいかなくて。マロン先輩《せんぱい》も、ほかの先輩《せんぱい》も、手《て》ぎわがいいし、さくさく進《すす》めているんだけど。わたし、才能《さいのう》ないのかなあ。」

「早《はや》いな、あきらめるの。」

「あきらめていないよ。弱音《よわね》。」

「おんなじだよ。」

「じゃあ、エイタは順調《じゅんちょう》なの？」

むっとしてナナミがたずねるとエイタは、ふーっと長《なが》い息《いき》をはいて、ぼそっとつぶやいた。

「そうでもないよ。実《じつ》はこのあいだ、ちょっとやらかした。」

「え？」

ナナミとコウジロウが、エイタを見《み》る。

いつも自信満々《じしんまんまん》のエイタが、口《くち》を、への字《じ》にしている。

「このあいだ、ガリガリ君《くん》のタピオカココナッツ味《あじ》が出《で》て、売《う》れただろ。」

「マロン先輩《せんぱい》が、作《つく》ったやつだ。」

「工場《こうじょう》でも増産《ぞうさん》が大変《たいへん》だったよ。購買部《こうばいぶ》も、材料《ざいりょう》かきあつめるのに走《はし》りまわっていたし。」

ふたりの言葉《ことば》に、エイタがうなずく。

「在庫《ざいこ》がなくて、どうしようもなくて。だからおれ、自分《じぶん》が担当《たんとう》しているスーパーマーケットの人《ひと》から注文《ちゅうもん》の電話《でんわ》がかかってきたときに、『もう、ありません。』っていったんだ。」

ふたりが、エイタを見《み》つめる。

「ほんとはさ、営業《えいぎょう》なら『いつなら用意《ようい》できます。』とか、『それはないけれど、こちらのフレーバーはどうですか。』とか、相手《あいて》の立場《たちば》になって考《かんが》えなくちゃいけないんだ。でも、おれ、ただ『ありません。』っていっちゃった。そうしたら、『ないならもう、いいよ！』って。『君《きみ》はもう、二度《にど》とうちにこなくていい。』って、がちゃんって電話《でんわ》を切《き》られた。」

そこまでいってエイタは、肩《かた》を落《お》とした。

ナナミとコウジロウが、あっちゃーという顔《かお》をする。

「で、どうしたの？」

ナナミがたずねる。

「課長《かちょう》にいったら、『いまからいっしょに、あやまりに行《い》こう。』って。『部下《ぶか》のミスは、上司《じょうし》のミスだから。』って。」

ナナミとコウジロウは、エイタを見《み》つめている。

「すぐにむかった。課長《かちょう》が運転《うんてん》する車《くるま》の中《なか》で、くやしくてさ。自分《じぶん》ひとりじゃ、なにもできない。こうして、課長《かちょう》にも迷惑《めいわく》をかけている。」

エイタが、ナナミとコウジロウを、ちらっと見《み》る。

「おれ、自分《じぶん》はもう一人前《いちにんまえ》だと思《おも》っていた。ひとりでなんでもできるって。だけど、ぜんぜんそうじゃなかった。」

ナナミは、胸《むね》の奥《おく》がちくりとした。

自分《じぶん》は、もっとできる。

それは、ナナミが思《おも》っていることとおなじだった。

でも、そうじゃないと、うすうすわかってきていた。

ナナミが、自分《じぶん》の気《き》もちをエイタにかさねあわせていると、コウジロウのほっとした声《こえ》がした。

「そっか。」

「えっ？　なに、コウジロウもなんかやったの？」

カンのいいナナミが気《き》づいて、コウジロウにたずねる。

「うん。工場《こうじょう》の大事《だいじ》な部品《ぶひん》、落《お》としてこわした。」

「こわしたあ？」

ナナミが大《おお》きな声《こえ》を出《だ》す。

「そっちのほうが大変《たいへん》じゃないか！」

エイタも、自分《じぶん》のミスどころじゃないという顔《かお》だ。

「週末《しゅうまつ》の機械《きかい》そうじをしたときに、はずしたパーツのなかに、こわれやすい部品《ぶひん》があって。」

そうじは、フレーバーを変《か》えるときだけでなく、毎週末《まいしゅうまつ》、行《おこな》っている。

「落《お》としたらこわれるから、必《かなら》ず、台《だい》の上《うえ》において作業《さぎょう》しろっていわれていたんだけれど、もうなれてきたし、手《て》に持《も》ったままやっていたら。」

「落《お》ちるんだよ、そうなんだよ。」

そういって、エイタが自分《じぶん》のことのように顔《かお》をしかめる。

「すごく大事《だいじ》な部品《ぶひん》で、それがないと、ガリガリ君《くん》を作《つく》れないんだ。」

「だめじゃん！」

ガリガリ君《くん》が作《つく》れないなんて、ナナミにとってはありえない話《はなし》だ。

「しかも、その部品《ぶひん》、愛知県《あいちけん》の工場《こうじょう》で作《つく》っているんだ。」

「ちょっと待《ま》って。こわしたのは金曜日《きんようび》の夜《よる》だよね？　土日《どにち》は休《やす》みだよね？　月曜日《げつようび》からの生産《せいさん》ができないってこと？」

ナナミがたずねると、コウジロウがうなずいた。

「そう。工場《こうじょう》でぎっしり組《く》まれている、生産計画《せいさんけいかく》がぜんぶだめになる。」

ナナミとエイタが、顔《かお》を見《み》あわせる。

最悪《さいあく》の事態《じたい》だ。

「そうしたら、先輩《せんぱい》たちが、ものすごいいきおいで動《うご》いた。愛知県《あいちけん》の工場《こうじょう》になんども電話《でんわ》をかけて、部品《ぶひん》をとりにいくトラックも手配《てはい》して。」

「間《ま》にあったの？」

「間《ま》にあった。」

「よかったー。」

「怒《おこ》られただろ。」

「会議室《かいぎしつ》によばれたんだ。ばかやろうって大声《おおごえ》で怒鳴《どな》られると思《おも》っていたんだけれど、怒《おこ》られなかった。」

コウジロウが、まっすぐふたりを見《み》る。

「『おまえがなにをやったか、自分《じぶん》がいちばんわかっているな？』って。」

ナナミとエイタが、じっとしている。

「二度《にど》とやるなよって。」

ナナミが、両手《りょうて》を胸《むね》にあてて目《め》をつぶる。

「ぜったいに忘《わす》れない。ぼく、二度《にど》とおなじミスはしない。」

「ふーっ。」

エイタが、長《なが》い息《いき》をはいていう。

「なんか、うちの先輩《せんぱい》たち、すごいよな。おれ、そういう先輩《せんぱい》になりたい。」

「ぼくも。」

ナナミもうなずいて、きゅっとくちびるをかんだ。

『いわれたから、やるんじゃない。自分《じぶん》が作《つく》ったと胸《むね》をはれるものを作《つく》りなさい。』

マロン先輩《せんぱい》の言葉《ことば》が、ナナミのなかでくりかえされていた。

4

パッケージをデザインする

そのころ、デザイナーのタカハシさんは、東京《とうきょう》の青山《あおやま》にあるデザインオフィスで、パッケージのデザインにとりかかっていた。

タカハシさんは、グラフィック・デザイナー。

お酒《さけ》のビンにはってあるラベルの絵《え》や、駅《えき》のポスターなど、さまざまなデザインを手《て》がけている。

そのなかのひとつが、ガリガリ君《くん》のパッケージだ。

いまでは、パッケージだけでなく、テレビコマーシャルや広告《こうこく》など、ガリガリ君《くん》に関《かん》するすべてのデザインをまかされている。

ガリガリ君《くん》は、ひとつのフレーバーで、三種類《しゅるい》のパッケージを作《つく》る。

パッケージを選《えら》ぶ楽《たの》しさも、味《あじ》わってもらうためだ。

ガリガリ君《くん》のテーマである、〝おいしい〟〝たのしい〟〝うれしい〟を、タカハシさんは、三種類《しゅるい》のパッケージで表現《ひょうげん》していく。

今回《こんかい》は、梅《うめ》ジュース味《あじ》である。

青山《あおやま》にあるデザインオフィスで、タカハシさんは机《つくえ》にむかった。

机《つくえ》のわきには、コーヒーカップとチョコレート。糖分《とうぶん》は、脳《のう》の栄養《えいよう》なのである。

机《つくえ》の上《うえ》におかれた、A《エー》4サイズの紙《かみ》に、タカハシさんはまっすぐにむきあった。紙《かみ》にはガリガリ君《くん》のパッケージとおなじ大《おお》きさの、横《よこ》に長《なが》いワクが上《うえ》から三つならんでいる。

タカハシさんは、『ガリガリ君《くん》』という文《も》字《じ》の下《した》に『梅《うめ》ジュース味《あじ》』と書《か》くと、えんぴつで、キャラクターであるガリガリ君《くん》の顔《かお》を描《か》きはじめた。

いちばん上《うえ》のワクは、〝おいしい〟。

〝おいしい〟は、顔《かお》のアップである。キメ顔《がお》といってもいい。

『おいしいよ！』と、ガリガリ君《くん》が目《め》をかが

やかせて語《かた》りかけてくるような表情《ひょうじょう》だ。

手《て》には、梅《うめ》の実《み》を持《も》たせる。

（梅《うめ》の実《み》だけだと、わかりにくいな。）

すっぱい梅干《うめぼ》しではなく、梅《うめ》ジュース味《あじ》だとすぐにわかるように、ジュースの入《はい》ったコップを描《か》くことにした。

（子《こ》どもだから、ストローもつけよう。）

タカハシさんは、ガラスのコップを描《か》き、その中《なか》に梅《うめ》の実《み》とストローを描《か》いていく。

パッケージをデザインするときに大切《たいせつ》なことは、わかりやすいことだ。

店《みせ》にならべられているガリガリ君《くん》を、ぱっと見《み》たときに『梅《うめ》ジュース味《あじ》だ！』とすぐに、わかってもらえることが大事《だいじ》なのである。

そしてもうひとつ、心《こころ》がけていることがある。

それは、フレーバーを作《つく》った人《ひと》の気《き》もちを、しっかりと絵《え》で伝《つた》えること。

以前《いぜん》、コンポタ味《あじ》をデザインしたときは、背景《はいけい》に赤《あか》いギンガムチェックのテーブルクロスを描《か》いた。

とうもろこしや、スープのカップだけでなく、あたたかみがあるテーブルクロスを描《か》くことで、フレーバーを開発《かいはつ》したオカモト氏《し》の考《かんが》える、コーンポタージュスープの親《した》しみやすさや家庭的《かていてき》な感《かん》じを表現《ひょうげん》したのである。

(稲葉《いなば》さんは、夏《なつ》にぴったりな梅《うめ》ジュース味《あじ》にしたいといっていたっけ。)

タカハシさんは、ガリプロ会議《かいぎ》でいっていたナナミの言葉《ことば》を思《おも》いうかべる。

発売《はつばい》は来年《らいねん》の六月《がつ》。

雨《あめ》が続《つづ》く季節《きせつ》に、さわやかですずしい雰囲気《ふんいき》を出《だ》そうと、コップの中《なか》には氷《こおり》をたくさん入《い》れた。

梅《うめ》ジュース味《あじ》の、〝おいしい〟を表現《ひょうげん》した下絵《したえ》ができあがった。

続《つづ》いて〝たのしい〟だ。

ガリガリ君《くん》を食《た》べると楽《たの》しい気分《きぶん》になる。なので、ガリガリ君《くん》のポーズも元気《げんき》に、ちょっとずっこけ風《ふう》に、体全体《からだぜんたい》で表現《ひょうげん》するように描《か》く。

ガリガリ君《くん》の、大《おお》きくてかわいいおしりをいかして、ふりむくようなポーズだ。

ただ、食《た》べものなので、あまりふざけすぎないように。あくまでも、主役《しゅやく》は梅《うめ》ジュース味《あじ》なのである。

最後《さいご》は、〝うれしい〟。

ガリガリ君《くん》は、安《やす》い。なんといっても七十円《えん》でこのおいしさだ。そして、当《あ》たりつきなので、当《あ》たればうれしい。

そんなうれしさを感《かん》じてもらえるような絵《え》にしていく。

さらさらさら……。

静《しず》かな部屋《へや》に、えんぴつが紙《かみ》の上《うえ》を動《うご》く音《おと》だけがひびいている。

下絵《したえ》を描《か》きあげたら、この紙《かみ》の上《うえ》にトレーシングペーパーという半透明《はんとうめい》の紙《かみ》をおく。ずれないように上下《じょうげ》をテープでとめると、さっき描《か》いた下絵《したえ》がトレーシングペーパーの上《うえ》からうっすらと見《み》える。

タカハシさんは、下絵《したえ》をペンでなぞるようにしてデザインを仕上《しあ》げていく。

ここまでは、すべて手描《てが》きである。

三種類《しゅるい》の絵《え》が、できあがった。

（もう少《すこ》し、ガリガリ君《くん》の表情《ひょうじょう》やポーズを変《か》えたものも描《か》いてみよう。）

おなじようにして、三種類《しゅるい》の絵《え》を描《か》く。

最初《さいしょ》に描《か》いた絵《え》と、見《み》くらべてみる。

自分《じぶん》としては、最初《さいしょ》に描《か》いたほうがいいと思《おも》う。

いつも、そうだ。

最初《さいしょ》にひらめいたインスピレーションが、いちばん、新《あたら》しいフレーバーを表現《ひょうげん》できていることが多《おお》い。

タカハシさんは次《つぎ》のガリプロ会議《かいぎ》に、最初《さいしょ》に描《か》いた絵《え》を提案《ていあん》することにした。

フレーバーを担当《たんとう》するナナミは、このパッケージを見《み》て、どう思《おも》うだろう？

梅《うめ》ジュース味《あじ》が決定《けってい》した一か月後《げつご》の、八月末《がつまつ》のガリプロ会議《かいぎ》。

いつものメンバーが、テーブルをかこんだ。

会議《かいぎ》がはじまる前《まえ》、購買部《こうばいぶ》のガハハ先輩《せんぱい》が、うかない顔《かお》をしている。

「もうすぐ魔《ま》の九月《がつ》が、やってくるんですよ。」

「魔《ま》の九月《がつ》？」

「夏《なつ》は牛《うし》が夏《なつ》バテして、お乳《ちち》を出《だ》さなくなるんです。」

ガハハ先輩《せんぱい》は、毎年《まいとし》九月《がつ》になると、牛乳《ぎゅうにゅう》の調達《ちょうたつ》に走《はし》りまわるらしい。

「だったら九月《がつ》より、いちばん暑《あつ》い八月《がつ》のほうがきびしいんじゃないの?」

「そう思《おも》うでしょ。だけど八月《がつ》は、小学校《しょうがっこう》が夏休《なつやす》みで給食《きゅうしょく》がないんです。」

そういってガハハ先輩《せんぱい》は、ひとさし指《ゆび》をたてた。

「給食《きゅうしょく》の牛乳《ぎゅうにゅう》がいらないんだ!」

みんなが、なるほどと、うなずいている。

「九月《がつ》になると給食《きゅうしょく》がはじまるので、ほんとに大変《たいへん》なんですよ。しかも今年《ことし》は、猛暑《もうしょ》でしょ。牛《うし》がバテてバテて、ほんっとに足《た》りないんですよ。」

ガハハ先輩《せんぱい》は、頭《あたま》をかかえている。

「九月《がつ》が、そんなことになっているとは知《し》らなかった。」

「だよね。」

そう話《はな》すメンバーにむかって、ガハハ先輩《せんぱい》はいった。

「実《じつ》はですね、十二月《がつ》もやばいんです。」

「なんで十二月《がつ》？」

「クリスマスケーキですよ。イチゴのショートケーキにホイップクリームを使《つか》うので、乳《にゅう》製品《せいひん》が足《た》りなくなるんです。」

「日本人《にほんじん》って、そんなにイチゴショートのクリスマスケーキが好《す》きなんだ！」

こんどはみんなが、へえ〜ほお〜と、うなずいている。

「購買部泣《こうばいぶな》かせですよ、九月《がつ》と十二月《がつ》は。ああ、牧場《ぼくじょう》がほしい。牛乳《ぎゅうにゅう》の安定確保《あんていかくほ》のために、乳牛《にゅうぎゅう》を育《そだ》てたい！」

そういってガハハ先輩《せんぱい》は、気合《きあい》を入《い》れるように両手《りょうて》で顔《かお》をぱんぱんっとたたいた。

ガリプロ会議《かいぎ》がはじまった。

いつものように話《はな》しあいが進《すす》むと、最後《さいご》にタカハシさんが、手描《てが》きのデザイン画《が》をとりだした。

「梅《うめ》ジュース味《あじ》ですが、こんな感《かん》じでいきたいと思《おも》います。」

いいながら、絵《え》をテーブルの真《ま》ん中《なか》におく。絵《え》には、イメージしやすいように、かんたんに色《いろ》がつけてある。

全員《ぜんいん》が、身《み》をのりだすようにしてデザイン画《が》を見《み》る。

タカハシさんは、ナナミの表情《ひょうじょう》を見《み》まもった。

ナナミは、まっすぐにデザイン画《が》を見《み》ると、すぐに、ぱああっと、笑顔《えがお》になった。そしてタカハシさんのほうを見《み》ると大《おお》きな声《こえ》でいった。

「すごいです、タカハシさん。イメージどおりです！」

（ぜったい、気《き》に入《い》ってくれるはず。）

そう信《しん》じていたけれど、目《め》の前《まえ》でこんなにうれしそうな顔《かお》でいわれると、タカハシさんまでうれしくなる。

「いいですね。」

マーケティング部《ぶ》のオカモト先輩《せんぱい》も、購買部《こうばいぶ》のガハハ先輩《せんぱい》も、社長《しゃちょう》もうなずいている。

品質保証部《ひんしつほしょうぶ》のメガネ先輩《せんぱい》が、タカハシさんに念《ねん》をおした。

「梅《うめ》の実《み》に使《つか》う色《いろ》の数《かず》は、注意《ちゅうい》してくださいね。」

「はい、了解《りょうかい》です。」

タカハシさんは、にっこり笑《わら》って答《こた》える。

パッケージに描《か》く果物《くだもの》の絵《え》には、ルールがある。

何色《なんしょく》も使《つか》って写真《しゃしん》のような果物《くだもの》の絵《え》を描《か》いてしまうと、買《か》う人《ひと》が、果汁《かじゅう》がたくさん入《はい》っていると誤解《ごかい》してしまう。そうならないために、入《はい》っている果汁《かじゅう》の割合《わりあい》によって、絵《え》に使《つか》っていい色《いろ》の数《かず》が決《き》められているのだ。

七十円《えん》のガリガリ君《くん》に入《はい》っている果汁《かじゅう》は、数《すう》パーセント。たくさんの色《いろ》は使《つか》えない。


翌日《よくじつ》から、タカハシさんは、パッケージの清書《せいしょ》にとりかかった。

ガリプロ会議《かいぎ》に出《だ》したものは、あくまでも手描《てが》きのデザイン案《あん》。ここから、パソコンを使《つか》って本格的《ほんかくてき》に描《か》いていくのである。

パソコンの画面《がめん》の中《なか》に、ガリガリ君《くん》の顔《かお》を描《か》く。

その手前《てまえ》にコップを描《か》き、両手《りょうて》に小《ちい》さな梅《うめ》の実《み》をつまむように持《も》たせる。親指《おやゆび》とひとさし指《ゆび》の角度《かくど》を考《かんが》え、ガリガリ君《くん》らしい、元気《げんき》でおちゃめな感《かん》じが出《で》るように描《えが》いていく。

ガリガリ君《くん》の肌《はだ》や髪《かみ》の色《いろ》は、いつもの決《き》まった色《いろ》。色《いろ》をぬるといっても、パソコンなので、ぽんぽんとパソコン用《よう》のペンを動《うご》かすと、ぱっと色《いろ》がついていく。

梅《うめ》の実《み》は一色《しょく》でぬることにした。パソコンの中《なか》にある色《いろ》のパレットの、びみょうな色合《いろあ》いのなかから選《えら》んでいく。

イチゴやバナナとちがって、梅《うめ》の実《み》はシンプルな形《かたち》をしている。それだけに、色選《いろえら》びはむずかしい。

ぱっと見《み》ただけで、梅《うめ》の実《み》だとわかる色《いろ》。

ガリガリ君《くん》の服《ふく》の色《いろ》や、背景《はいけい》の色《いろ》と見《み》くらべながら、バランスよく梅《うめ》ジュース味《あじ》を表現《ひょうげん》できる黄緑色《きみどりいろ》を選《えら》ぶ。

タカハシさんは、ていねいに絵《え》を仕上《しあ》げていく。

ふと時計《とけい》に目《め》をやると、夕方《ゆうがた》になっていた。タカハシさんは、あわてて財布《さいふ》をつかんだ。

オフィスを出《で》て、近《ちか》くのコンビニエンスストアに足早《あしばや》にむかう。今日《きょう》は、『ガリガリ君《くん》リッチ』シリーズの新作《しんさく》、〝メープルバター・ホットケーキ味《あじ》〟の発売日《はつばいび》なのである。

今回《こんかい》も力作《りきさく》である。

ホットケーキを切《き》りわけて食《た》べるときのわくわく感《かん》を表現《ひょうげん》するべく、ガリガリ君《くん》にフォークとナイフを持《も》たせてある。

もちろん、バターは四角《しかく》く、メープルシロップはとろりとたらしてある。

いつも行《い》くコンビニエンスストアに着《つ》いた。

アイスクリーム売《う》り場《ば》にむかう。

すると……。

タカハシさんをひきよせるように、ガリガリ君《くん》〝メープルバター・ホットケーキ味《あじ》〟が、きらきらとかがやいていた。

メープルバター・ホットケーキ味《あじ》だけに、スポットライトが当《あ》たっているのである。

いや、そんなはずはないのだが、タカハシさんにはそう見《み》えたのだ。

「やっとデビューした……。」

タカハシさんは、そっとつぶやいた。

えんぴつで、下絵《したえ》を描《か》く。ガリプロ会議《かいぎ》で見《み》てもらう。

そこからまだまだ、作業《さぎょう》は続《つづ》く。

パソコンの中《なか》で、絵《え》を仕上《しあ》げ、色《いろ》をつける。

パッケージのうら側《がわ》には、材料表《ざいりょうひょう》を入《い》れる。アレルギーのある人《ひと》が、まちがって食《た》べてしまわないように、きちんと注意書《ちゅういが》きを入《い》れ、商品開発部《しょうひんかいはつぶ》と品質保証部《ひんしつほしょうぶ》といっしょに、まちがいがないか確認《かくにん》する。

これでようやく、パッケージの原稿《げんこう》ができあがる。

その後《ご》も、イメージどおりの色《いろ》で印刷《いんさつ》できるように、印刷会社《いんさつがいしゃ》となんども調整《ちょうせい》する。こうして、タカハシさんが描《か》いた絵《え》はフィルムに印刷《いんさつ》されてパッケージになるのだ。

工場《こうじょう》に運《はこ》ばれ、できあがったガリガリ君《くん》と一体《いったい》になり、工場《こうじょう》から出荷《しゅっか》され、いま、こうして売《う》り場《ば》にやっとたどりついた。

いまこそ、お客《きゃく》さまの目《め》にふれるこの瞬間《しゅんかん》こそ、タカハシさんが描《か》いてきたパッケージの、まさにデビューのときなのである。

タカハシさんは、その晴《は》れ姿《すがた》をじっと見《み》つめる。

すると、タカハシさんの目《め》の前《まえ》で、小学生《しょうがくせい》の男《おとこ》の子《こ》が、メープルバター・ホットケーキ味《あじ》をじっと見《み》つめていることに気《き》がついた。

男《おとこ》の子《こ》はふっと顔《かお》を上《あ》げ、アイスクリームの入《はい》ったボックスをぐるりと回《まわ》りながら、ほかのアイスクリームをひととおり見《み》ると、またもどってきてメープルバター・ホットケーキ味《あじ》を見《み》つめている。

決心《けっしん》したように、ひとつ、手《て》にとった。

男《おとこ》の子《こ》はレジに行《い》くと、店員《てんいん》にたずねている。

「これは、いくらですか？」

ガリガリ君《くん》は七十円《えん》だが、リッチシリーズは百四十円《えん》。二倍《ばい》である。

タカハシさんは、はっとした。

男《おとこ》の子《こ》は、七十円《えん》のガリガリ君《くん》を買《か》いにきたのではないか。

だとしたら、百円玉《ひゃくえんだま》をひとつしか、持《も》っていないかもしれない。

「百四十円《えん》です。」

店員《てんいん》が答《こた》える。

（予算《よさん》オーバーか？）

しかし、男《おとこ》の子《こ》はうなずくと、カウンターにメープルバター・ホットケーキ味《あじ》をおく。

そして、ズボンのポケットから小《ちい》さな財布《さいふ》をとりだすと、小《ちい》さな指《ゆび》で、百円玉《ひゃくえんだま》をふたつ、カウンターにならべた。

タカハシさんは、男《おとこ》の子《こ》にたずねたくてむずむずしていた。

『どうして、それを選《えら》んだの？　おいしそうに見《み》えたから？』

しかし、いきなりそんなことをきいたら、あやしい大人《おとな》だと思《おも》われてしまう。タカハシさんは、ぐっとこらえた。

ただ、選《えら》んでくれたということは、このパッケージを見《み》て、メープルバター・ホットケーキ味《あじ》のガリガリ君《くん》を食《た》べたいと思《おも》ってくれたということだ。

ガリガリ君《くん》の主役《しゅやく》は、あくまでも中身《なかみ》。商品《しょうひん》がおいしければ売《う》れる。

でも、タカハシさんの描《か》いたパッケージが、少《すこ》しでもそれを手伝《てつだ》うことができたのだとしたら、こんなにうれしいことはない。

デザインの仕事《しごと》は、楽《たの》しい。

タカハシさんは、こういうシーンに出会《であ》うたびに、いつもそう思《おも》う。

ときには、何日《なんにち》も夜《よる》おそくまで仕事《しごと》をすることもある。

仕事《しごと》をたのんでくれた人《ひと》の、期待《きたい》どおりの絵《え》がなかなか描《か》けないこともある。

だけど、タカハシさんは絵《え》を描《か》くことが大好《だいす》きなのだ。

おそくまで絵《え》を描《か》いていても、つらいと思《おも》ったことは一度《いちど》もない。むしろ、楽《たの》しいくらいだ。

それに、最初《さいしょ》はうまく描《か》けなくても、なんども話《はなし》をきいて、最後《さいご》に相手《あいて》がよろこんでくれる絵《え》が描《か》けたときの達成感《たっせいかん》はすばらしい。

デザイナーは、とてもやりがいのある仕事《しごと》なのである。

タカハシさんは、メープルバター・ホットケーキ味《あじ》を三本《ぼん》、三種類《しゅるい》のパッケージをひとつずつ買《か》うと、晴《は》れ晴《ば》れとした気《き》もちでオフィスにもどっていった。

5

フレーバーが、できた！

はっと気《き》づけば、十一月《がつ》になっていた。

（もう十一月《がつ》！）

ナナミは、あせりはじめていた。

ガリプロ会議《かいぎ》で、梅《うめ》ジュース味《あじ》を出《だ》すことが決《き》まってから四か月《げつ》もたっている。

だというのに、まだレシピは完成《かんせい》していない。

発売《はつばい》は、来年《らいねん》の六月《がつ》。だからといって、六月《がつ》にフレーバーが完成《かんせい》すればいいわけではなかった。

発売《はつばい》の前《まえ》には、工場《こうじょう》で生産《せいさん》しなければならない。

生産《せいさん》するためには、購買部《こうばいぶ》が材料《ざいりょう》を調達《ちょうたつ》しなければならない。フレーバーが完成《かんせい》しなければ、どんな材料《ざいりょう》を調達《ちょうたつ》すればいいのかわからないのだ。

それに、エイタたち営業部《えいぎょうぶ》は、発売前《はつばいまえ》にお菓子問屋《かしどんや》や、スーパーマーケット、コンビニエンスストアにたくさんあつかってもらえるよう営業《えいぎょう》にいく。

そのときに、食《た》べてもらうための完成品《かんせいひん》が必要《ひつよう》なのだ。

逆算《ぎゃくさん》していくと、梅《うめ》ジュース味《あじ》のレシピは、年《とし》が明《あ》けた一月《がつ》に完成《かんせい》していなくてはならないのである。

あと二か月《げつ》しかない。

もちろん、ナナミがのんびりやっていたわけではない。

ナナミだって入社《にゅうしゃ》二年目《ねんめ》。ほかにも開発《かいはつ》しなくてはいけないフレーバーが、たくさんある。梅《うめ》ジュース味《あじ》だけを、作《つく》っていればいいわけではないのだ。

ただ、ナナミにはわからないことがあった。自分《じぶん》ではいいと思《おも》った梅《うめ》ジュース味《あじ》ができても、マロン先輩《せんぱい》や、課長《かちょう》に納得《なっとく》してもらえないのである。

（おいしい味《あじ》。）

（ジューシーで、梅《うめ》らしい味《あじ》。）

全国《ぜんこく》からおいしいと評判《ひょうばん》の梅《うめ》ジュースをとりよせて飲《の》みまくり、その味《あじ》を再現《さいげん》してみた。

けれど、マロン先輩《せんぱい》の反応《はんのう》は、まったくちがっていた。

「たしかにおいしい。でも、ガリガリ君《くん》らしくない。」

「ガリガリ君《くん》らしくない？」

「うちには、『ガリガリ君《くん》』『大人《おとな》なガリガリ君《くん》』『ガリガリ君《くん》リッチ』があるよね。ガリガリ君《くん》をおいしくしすぎると、『大人《おとな》』になっちゃう。稲葉《いなば》が作《つく》ったのは、おいしすぎるんだよ。」

「そういわれても。」

おいしい味《あじ》を目指《めざ》しているのだ。おいしくするなというほうがむりだ。

「いっそのこと、『大人《おとな》』で販売《はんばい》する？」

「いやです！」

ナナミは、首《くび》をぶんぶんと横《よこ》にふった。

作《つく》りたいのは、ガリガリ君《くん》なのだ。

たしかに、『大人《おとな》』にすれば、もっと梅《うめ》の果汁《かじゅう》を使《つか》える。おいしくできる。

でもナナミは、子《こ》どもたちに七十円《えん》で、百円玉《ひゃくえんだま》を持《も》っていけば三十円《えん》もおつりがもらえ、いや、消費税《しょうひぜい》を入《い》れるとおつりはもっと少《すく》ないけれど、でも子《こ》どもたちが安心《あんしん》してはらえる価格《かかく》で、気軽《きがる》に楽《たの》しく梅《うめ》ジュース味《あじ》を食《た》べてもらいたいのである。

「七十円《えん》のガリガリ君《くん》の味《あじ》は、こう、なんていうか、ちょっとぼんやりしたほうがいい。」

「ぼんやり、ですか？」

「そう。なるい味《あじ》。」

「は？　なんでしょうか、それ。」

「このあたりの方言《ほうげん》なのかな。社長《しゃちょう》も役員《やくいん》もみんな、『なるい味《あじ》。』ってよくいうんだよね。複雑《ふくざつ》、でも、はっきりしない味《あじ》。」

「なるい味《あじ》、ですか。」

ナナミの落《お》ちこむ様子《ようす》を見《み》て、マロン先輩《せんぱい》がたずねる。

「なんだ。もうギブアップか？」

「いえ！」

ナナミは、マロン先輩《せんぱい》を見《み》る。

「稲葉《いなば》。チャンスは、だれでももらえるわけじゃない。挑戦《ちょうせん》を楽《たの》しめよ。」

商品開発部《しょうひんかいはつぶ》は、人気《にんき》の部署《ぶしょ》だ。たくさんの人《ひと》が、フレーバーを作《つく》りたいと思《おも》っている。

（わたしは、会社《かいしゃ》のみんなを代表《だいひょう》して、チャンスをもらえているんだ。）

ナナミは、しっかりとうなずいた。

ナナミは、頭《あたま》のなかをリセットした。

なるい味《あじ》の意味《いみ》はよくわからない。でも、いちど初心《しょしん》にもどろう。

オカモト先輩《せんぱい》は、どうしたんだっけ。

『一流《いちりゅう》ホテルで食《た》べるような、おいしいコーンポタージュスープはたくさんある。だけど、お菓子《かし》のコンポタ味《あじ》などの自分《じぶん》の舌《した》が記憶《きおく》しているコンポタ味《あじ》の材料《ざいりょう》を見《み》ると、どれもみんな、コンソメスープのもとが入《はい》っている。コンソメの入《はい》ったコンポタは、本物《ほんもの》じゃないっていう人《ひと》もいるけれど、作《つく》りたい味《あじ》はコンソメ入《い》りのコンポタ味《あじ》だった。』

そうか。高級《こうきゅう》な梅《うめ》ジュース味《あじ》じゃない。

作《つく》りたい味《あじ》を再現《さいげん》するんだ！

ナナミの好《す》きな梅《うめ》ジュース味《あじ》。それは……。

（おばあちゃん。）

祖母《そぼ》が作《つく》ってくれた、梅《うめ》ジュースだ。飲《の》むと、ほんわりあたたかい気《き》もちになる味《あじ》。

ナナミは、五年前《ねんまえ》に亡《な》くなった祖母《そぼ》のことを思《おも》う。

もう、あの梅《うめ》ジュースを味《あじ》わうことはできない。レシピをきくこともできない。たよれるのは、ナナミの舌《した》の記憶《きおく》だけだ。

ナナミは、いちからやりなおすことにした。

甘《あま》みと酸味《さんみ》。そのバランスを徹底的《てっていてき》に、作《つく》りなおす。

(ちがう。)

(これでもない。もっと、すっぱくて、甘《あま》くて……。)

なかなか、自分《じぶん》の思《おも》っている味《あじ》にたどりつけない。

イメージをかたちにするのが、商品開発部《しょうひんかいはつぶ》の仕事《しごと》なのに。

でも、やる。ぜったい作《つく》る。

(必《かなら》ず、ゴールはある。だって、作《つく》りたい味《あじ》のイメージはわたしのなかに、こんなにはっきりとあるんだもの。)

アイスクリームミックスの材料《ざいりょう》を作《つく》り、毎日《まいにち》、毎日《まいにち》、香料《こうりょう》で香《かお》りをつけていく。

あるとき、ふと思《おも》いついた。

(梅《うめ》の香料《こうりょう》だけじゃなく、ほかの果物《くだもの》の香料《こうりょう》も加《くわ》えてみたらどうなるんだろう?)

イチゴ、マンゴー、パイナップル、レモン……。

ためしてみるけれど、どうもしっくりこない。

(梅《うめ》って、どんな果物《くだもの》なんだっけ。)

調《しら》べてみると、バラ科《か》サクラ属《ぞく》とある。

(サクラってことは、サクランボの香《かお》りをたしてみるとか？　モモやアプリコットも、おなじバラ科《か》サクラ属《ぞく》だ。入《い》れたら、どうなるのかな。)

これと、これ。

あれと、これと、これと……。

ナナミはノートに、ぎっしりと香《かお》りの組《く》みあわせを作《つく》った。

ひとつずつ、やってみるしかない。

なんども、なんども。

なんども、なんども、なんども。

作《つく》った千ミリリットルのアイスクリームミックスが、どんどんなくなっていく。

これだと思《おも》った味《あじ》を、固《かた》めてガリガリ君《くん》にしてみる。

かじる。

（ちがう。やっぱり凍《こお》らせると、味《あじ》が変《か》わってしまう。）

そのくりかえしだ。


年《とし》が明《あ》けた。

フレーバーはまだ完成《かんせい》せず、ナナミは、香《かお》りづけをくりかえしている。

いよいよ、時間《じかん》がなくなってきた。

（やっぱり、このやりかたじゃだめなんだろうか。）

でも、もう、別《べつ》の香《かお》りをさがしてきてやりなおす時間《じかん》もない。

時間切《じかんぎ》れなのか。自分《じぶん》の納得《なっとく》のいく味《あじ》では、販売《はんばい》できないのか。

（あきらめるなんて、ぜったいにいや。）

まだ、できる。稲葉《いなば》ナナミが作《つく》った味《あじ》として、出《だ》すと決《き》めたのだ。最後《さいご》まで、ぜったいにやりきる。

そう心《こころ》に決《き》めて、香料《こうりょう》をたらす。スプーンですくって口《くち》に入《い》れる。

「あれ？」

（この味《あじ》……？）

すぐに、もうひと口《くち》、食《た》べてみる。

（まちがいない！）

ナナミは、あわててノートに書《か》きとめる。

梅《うめ》ジュース味《あじ》のために作《つく》ったノートは、すでに四冊《さつ》めだ。

凍《こお》らせたときの、味《あじ》の変化《へんか》を書《か》いた部分《ぶぶん》を読《よ》みかえす。

（この量《りょう》をこうして、こうやれば、きっとうまくいくはず……。）

アイスクリームミックスを作《つく》り、シャリシャリ氷《ごおり》を作《つく》る。ミニ工場《こうじょう》で凍《こお》らせて、ガリガリ君《くん》を三本作《ぼんつく》った。

（さあ、どうだ！）

ナナミは、祈《いの》るような思《おも》いで、できあがったガリガリ君《くん》をかじる。

口《くち》の中《なか》でとけたとたん、一気《いっき》に、祖母《そぼ》のなつかしい記憶《きおく》がよみがえってきた。

味《あじ》や香《かお》りの記憶《きおく》は、なんてしっかりと脳《のう》に刻《きざ》みこまれているんだろう。

ナナミは、思《おも》わず泣《な》きそうになる。

「お願《ねが》いします！」

ナナミは、マロン先輩《せんぱい》の前《まえ》にできあがったばかりのガリガリ君《くん》をおいた。

ナナミの表情《ひょうじょう》を見《み》たマロン先輩《せんぱい》が、『おっ？』と、うれしそうな顔《かお》をする。

すぐに真剣《しんけん》な顔《かお》にもどると、八等分《とうぶん》されたガリガリ君《くん》のかけらを口《くち》に入《い》れた。

じっと目《め》をつぶり、味《あじ》わっている。ガリガリと、かみくだいている。

そして、目《め》をひらいた。

ナナミを見《み》る。

「いいね。おいしい。それに、ガリガリ君《くん》らしい。」

「ありがとうございます！」

「よし、課長《かちょう》にも、食《た》べてもらおう。」

マロン先輩《せんぱい》はそういうと、すぐに三階《がい》に上《あ》がっていった。

三階《がい》は、オフィスフロア。

かべはなく、広《ひろ》いワンフロアのスペースになっている。

購買部《こうばいぶ》のガハハ先輩《せんぱい》も、品質保証部《ひんしつほしょうぶ》のメガネ先輩《せんぱい》も、マーケティング部《ぶ》のオカモト先輩《せんぱい》も机《つくえ》にむかっている。遠《とお》くのかべ側《がわ》には、ハギワラ部長《ぶちょう》の机《つくえ》もある。

マロン先輩《せんぱい》が声《こえ》をかけると、パソコンで仕事《しごと》をしていた課長《かちょう》は、すぐに打《う》ちあわせ用《よう》の丸《まる》テーブルにきてくれた。

課長《かちょう》たちは、これまでにいくつものガリガリ君《くん》を作《つく》ってきた。

ガリガリ君《くん》を、育《そだ》ててきた人《ひと》たちである。

それだけに味《あじ》にはきびしい。

「できた?」

マロン先輩《せんぱい》が課長《かちょう》に、できたばかりのガリガリ君《くん》を差《さ》しだす。

課長《かちょう》は、アイス棒《ぼう》を持《も》つと、そのままかりっと音《おと》をたててかじった。

目《め》をつぶり、ガリガリと音《おと》をたてて味《あじ》わっている。そして、もうひと口《くち》。

シャリッ。ガリガリ……。

課長《かちょう》が、ナナミを見《み》た。

「うん。いいね。なんかこう、なつかしい味《あじ》だねえ。」

その言葉《ことば》をきいたナナミは、うれしくてふたたび涙《なみだ》が出《で》そうになった。

大好《だいす》きだった、おばあちゃんの味《あじ》。

その味《あじ》を課長《かちょう》が、ほめてくれたのだ。

「これで、決定《けってい》でいいと思《おも》いますが、どうでしょうか。」

マロン先輩《せんぱい》の問《と》いかけに、課長《かちょう》はもうひと口《くち》かじりながらうなずいて答《こた》えた。

「よし、これでいこう。」

(やった！　やった、やった！)

ついに、フレーバーの完成《かんせい》である！


フレーバーが決《き》まった。

ということは、使《つか》う材料《ざいりょう》が決《き》まったということだ。

ナナミは、購買部《こうばいぶ》のガハハ先輩《せんぱい》と、品質保証部《ひんしつほしょうぶ》のメガネ先輩《せんぱい》にわたすための〝仕様書《しようしょ》〟を作《つく》った。

ガハハ先輩《せんぱい》は、これをもとに材料《ざいりょう》を調達《ちょうたつ》してくるのだ。

仕様書《しようしょ》には、イラストも描《か》く。

ガリガリ君《くん》の断面図《だんめんず》。外側《そとがわ》は、アイスクリームミックスで、中心部《ちゅうしんぶ》はシャリシャリ氷《ごおり》。

ただ、ナナミは、このシャリシャリ氷《ごおり》にくふうをした。いつものガリガリ君《くん》より、かき氷《ごおり》のつぶを小《ちい》さくしたのだ。

ガリガリ君《くん》のかき氷《ごおり》のつぶは、ミリ単位《たんい》で決《き》まっている。そのくらい、つぶの大《おお》きさが食《た》べたときの味《あじ》を変《か》えてしまうからだ。

けれど、ナナミは、つぶを少《すこ》しだけ小《ちい》さくしたほうが、梅《うめ》ジュース味《あじ》の甘《あま》さとすっぱさを、より感《かん》じられると判断《はんだん》したのだ。

(シャリシャリ氷《ごおり》のつぶの大《おお》きさは……。)

仕様書《しようしょ》に目立《めだ》つように、つぶの大《おお》きさを書《か》きいれた。

仕様書《しようしょ》を、購買部《こうばいぶ》のガハハ先輩《せんぱい》にメールで送《おく》る。

購買部《こうばいぶ》は、全国《ぜんこく》を飛《と》びまわって材料《ざいりょう》をさがしてくる。

もしも、ほかのアイスクリームでも使《つか》っている材料《ざいりょう》なら、それを使《つか》えばいい。

しかし、梅《うめ》の果汁《かじゅう》は、はじめてだ。どこの材料《ざいりょう》メーカーが作《つく》っているのか。味《あじ》や価格《かかく》はどうなのか。いちからさがさなければならない。

仕様書《しようしょ》には、マロン先輩《せんぱい》がしっかりと計算《けいさん》してくれた材料費《ざいりょうひ》も書《か》いてある。ガハハ先輩《せんぱい》は、この金額《きんがく》以内《いない》で材料《ざいりょう》をさがしてこなければいけないのだ。

いかに安《やす》く、かつ、最高《さいこう》のものをさがすかが、ガハハ先輩《せんぱい》の腕《うで》の見《み》せどころなのである。

ガハハ先輩《せんぱい》から、メールが返《かえ》ってきた。

〔いま、オーストラリアにいるから、少《すこ》し時間《じかん》ください。〕

(オーストラリアあ？)

なぜ、オーストラリア？　ナナミは、マロン先輩《せんぱい》にたずねた。

「ガハハ先輩《せんぱい》は、なにしにオーストラリアに行《い》っているんですか？」

「牛乳《ぎゅうにゅう》の買《か》いつけって、いっていたぞ？」

(牛乳《ぎゅうにゅう》なんて、北海道《ほっかいどう》でたくさん作《つく》っているのに。)

そう思《おも》ったナナミだが、ガハハ先輩《せんぱい》がいっていたことを思《おも》いだした。

『九月《がつ》と十二月《がつ》は、牛乳《ぎゅうにゅう》が足《た》りない。』

南半球《みなみはんきゅう》にあるオーストラリアは、日本《にっぽん》と季節《きせつ》がぎゃくだ。

日本《にっぽん》の乳牛《にゅうぎゅう》が夏《なつ》バテしているころ、冬《ふゆ》のオーストラリアでは、たくさんお乳《ちち》を出《だ》している。

（そういうことか。でも、オーストラリアなんていいなあ。）

このあいだは、イチゴの生産者《せいさんしゃ》のところに行《い》ったといっていたし、モナカの皮《かわ》を求《もと》めて、九州《きゅうしゅう》に行《い》ったという話《はなし》もきいている。

ブラッドオレンジの材料《ざいりょう》を買《か》うときは、イタリアに行《い》くんだろうか。

『だれかにまかせたり、電話《でんわ》でやりとりするだけでなく、おれたちがちゃんと顔《かお》を合《あ》わせるのが大事《だいじ》なんだよ。』

ガハハ先輩《せんぱい》は、そういっている。

（でも、ほんとに行《い》く必要《ひつよう》なんてあるのかな。）

昔《むかし》とはちがう。いまは、電話《でんわ》もメールもあるし、テレビ会議《かいぎ》だってかんたんにできる時《じ》代《だい》なのだ。自分《じぶん》でのぞんだこととはいえ、毎日《まいにち》、毎日《まいにち》、ラボにこもっているナナミにしてみれば、ちょっとうらやましい。

次《つぎ》にナナミは、品質保証部《ひんしつほしょうぶ》のメガネ先輩《せんぱい》に仕様書《しようしょ》を送《おく》った。

メガネ先輩《せんぱい》たちは、お客《きゃく》さまに安心《あんしん》して食《た》べてもらうために、さまざまなところに注意《ちゅうい》している。

工場《こうじょう》で作《つく》っているガリガリ君《くん》のぬきうち検査《けんさ》をして、まちがいなく作《つく》れているか、おかしなものがまざっていないかチェックする。

パッケージにのせる絵《え》はもちろん、材料表《ざいりょうひょう》や、アレルギーの表示《ひょうじ》などを確認《かくにん》する。ときには冷凍庫《れいとうこ》に入《はい》って、ガリガリ君《くん》が入《はい》った箱《はこ》を落《お》として割《わ》れないかどうかためすこともある。

メガネ先輩《せんぱい》が気《き》をくばるのは、工場《こうじょう》から出荷《しゅっか》されるまでではなく、お客《きゃく》さまが食《た》べるときまでだからだ。工場《こうじょう》から運《はこ》ばれていくあいだに、ガリガリ君《くん》が欠《か》けたり割《わ》れたりしていてはいけないのである。

材料《ざいりょう》を作《つく》っている工場《こうじょう》にも行《い》く。ナナミが作《つく》った仕様書《しようしょ》は、そのときに使《つか》うのだ。工場《こうじょう》で、ガハハ先輩《せんぱい》が確認《かくにん》するのが味《あじ》や量《りょう》や価格《かかく》だとすれば、メガネ先輩《せんぱい》が確認《かくにん》するのは衛生面《えいせいめん》だ。

きれいな工場《こうじょう》で作《つく》られているのか。

はたらいている従業員《じゅうぎょういん》の健康管理《けんこうかんり》はどうか。工場《こうじょう》で作業《さぎょう》する前《まえ》は、きちんと手《て》を洗《あら》い、専用《せんよう》の服《ふく》をきているか。

いくら、ガリガリ君《くん》の工場《こうじょう》がしっかりと衛生管理《えいせいかんり》をしていても、使《つか》っている材料《ざいりょう》が不衛《ふえい》生《せい》なところで作《つく》られていたら台無《だいな》しなのである。

だから、はじめての材料《ざいりょう》を使《つか》うときは、ガハハ先輩《せんぱい》もメガネ先輩《せんぱい》も大《おお》いそがしだ。

「できることなら、これまで使《つか》ったことのある材料《ざいりょう》や、取《と》り引《ひ》きしたことのある会社《かいしゃ》のものを使《つか》って。」

これが、ふたりの本音《ほんね》である。

ガリプロ会議《かいぎ》で、ナナミが梅《うめ》ジュースを作《つく》ると決《き》まったときからガハハ先輩《せんぱい》は、梅《うめ》ジュース味《あじ》に使《つか》う梅《うめ》の果汁《かじゅう》をさがしはじめていた。

ところが、この梅《うめ》の果汁《かじゅう》さがしで、ガハハ先輩《せんぱい》とメガネ先輩《せんぱい》が、火花《ひばな》をちらす事件《じけん》が起《お》こった。

ガハハ先輩《せんぱい》が、日本中《にほんじゅう》をさがしまわり、やっとの思《おも》いで、味《あじ》、価格《かかく》、生産《せいさん》してくれる量《りょう》など、条件《じょうけん》にあう材料《ざいりょう》メーカーを見《み》つけてきたというのに、メガネ先輩《せんぱい》から待《ま》ったがかかったのである。

「なんで！」

ガハハ先輩《せんぱい》が、品質保証部《ひんしつほしょうぶ》まできて、大《おお》きな声《こえ》を出《だ》している。

「衛生面《えいせいめん》が、うちの条件《じょうけん》をみたしていない。」

メガネ先輩《せんぱい》は、冷静《れいせい》に理由《りゆう》を告《つ》げている。

「工場《こうじょう》なら、おれも見《み》たよ。あれなら大丈夫《だいじょうぶ》じゃないか。それに、うちの条件《じょうけん》はめっちゃくちゃきびしいの、知《し》っているだろう。うちの工場《こうじょう》は、薬《くすり》をつくる製薬会社《せいやくがいしゃ》なみなんだぞ？」

「だめだ。ここで許《ゆる》したら、いままでがんばってきたことがぜんぶくずれる。」

「おまえ、頭《あたま》かたすぎるぞ？」

「ぼくを悪者《わるもの》にしてくれてけっこう。お客《きゃく》さまのためだ。」

「ぐっ。」

お客《きゃく》さまのためといわれると、ガハハ先輩《せんぱい》のいきおいも止《と》まる。

なによりも優先《ゆうせん》されるのは、食《た》べる人《ひと》の安全《あんぜん》と安心《あんしん》なのである。なにかあってから後悔《こうかい》してもおそいのだ。

ガハハ先輩《せんぱい》が、なにかを考《かんが》えるようにじっとしている。

ふうっと鼻《はな》から息《いき》をはいて、メガネ先輩《せんぱい》にたずねた。

「……どうすればいい？　いまから別《べつ》の材料《ざいりょう》メーカーをさがしてこいってか？」

するとメガネ先輩《せんぱい》が、紙《かみ》を一枚《まい》とりだした。

「改善《かいぜん》ポイントをまとめてみた。材料《ざいりょう》メーカーには、ここを直《なお》してもらえるよう、ぼくからたのんでみる。」

紙《かみ》を受《う》けとったガハハ先輩《せんぱい》は、視線《しせん》をすばやく動《うご》かしながら一気《いっき》に読《よ》んでいる。

「はあ〜。」

読《よ》みおえると長《なが》い息《いき》をはき、肩《かた》から力《ちから》がぬけていった。

改善《かいぜん》ポイントは、すぐに直《なお》してもらえそうなことばかりだったからだ。

ガハハ先輩《せんぱい》は、メガネ先輩《せんぱい》の目《め》をしっかりと見《み》つめる。

「たのんだぞ。」

「おう。」

メガネ先輩《せんぱい》は、にやっと笑《わら》ってまかせておけと手《て》をあげた。

6

営《えい》業《ぎょう》マンを本《ほん》気《き》にさせろ！

一月《がつ》の末《すえ》。

全国《ぜんこく》の営業《えいぎょう》マンが集《あつ》まる、営業会議《えいぎょうかいぎ》の日《ひ》がやってきた。

今日《きょう》は商品開発部員《しょうひんかいはつぶいん》が、半年後《はんとしご》の夏《なつ》の新商品《しんしょうひん》を営業《えいぎょう》マンに説明《せつめい》する日《ひ》である。

営業《えいぎょう》マンは、百人近《にんちか》く。

ナナミの同期《どうき》である、エイタもいる。

会議室《かいぎしつ》に、ずらりとならんだ長机《ながづくえ》。ひとつの机《つくえ》にふたつのいすがおかれ、営業《えいぎょう》マンが、びしっと前《まえ》をむいてすわっている。

はじめて説明《せつめい》にのぞむナナミは、その迫力《はくりょく》に圧倒《あっとう》された。

(ここで説明《せつめい》するの?)

急《きゅう》に不安《ふあん》になってきた。

ここで、『おいしくない。』『こんなもの売《う》れない。』なんていわれたらどうしよう。

緊張《きんちょう》で、指先《ゆびさき》が冷《つめ》たくなってきた。

夏《なつ》の新商品《しんしょうひん》は、ガリガリ君《くん》以外《いがい》のものも合《あ》わせて、ぜんぶで二十個《こ》ほどある。

開発《かいはつ》した商品開発部《しょうひんかいはつぶ》の担当者《たんとうしゃ》が、順番《じゅんばん》に説明《せつめい》していく。

このアイスクリームの特長《とくちょう》はなにか。なぜ、この味《あじ》なのか。どういう人《ひと》に、食《た》べてもらいたいのか。

説明《せつめい》のあとは試食《ししょく》だ。

試食用《ししょくよう》のアイスクリームは、ラボのミニ工場《こうじょう》で商品開発部員《しょうひんかいはつぶいん》が作《つく》ったもの。

そのあとは、(恐怖《きょうふ》の)質問《しつもん》タイムである。

新作《しんさく》アイスクリームの担当者《たんとうしゃ》の番《ばん》になった。

このアイスクリームは、材料費《ざいりょうひ》をかけることができず、開発《かいはつ》した人《ひと》がのぞんでいるような濃厚感《のうこうかん》を出《だ》すことができなかった。

そこは、ふれられたくない部分《ぶぶん》だが、試食《ししょく》をした営業《えいぎょう》マンはずばりと指摘《してき》してくる。

「味《あじ》が、ちょっとうすいですね。」

(うわ、きかれた!)

ナナミは、どきどきしながら商品開発部《しょうひんかいはつぶ》の先輩《せんぱい》を見《み》まもった。

ところが、先輩《せんぱい》は、顔色《かおいろ》ひとつ変《か》えることなく堂々《どうどう》と答《こた》えた。

「発売《はつばい》が夏《なつ》なので、さっぱり食《た》べてもらいたいんです。」

ナナミが、びっくりして見《み》つめていると、先輩《せんぱい》はさらにつづけた。

「バニラの香《かお》りがひきたつよう、さっぱりまとめて夏《なつ》むきに仕上《しあ》げました。」

（先輩《せんぱい》、心臓《しんぞう》に毛《け》がはえている。すごい……。）

営業《えいぎょう》マンも、真剣《しんけん》だった。

スーパーマーケットの人《ひと》たちに試食《ししょく》してもらい、『味《あじ》がうすくない？』とたずねられたとき、きちんと答《こた》えられるようにしておかなければならない。

営業《えいぎょう》マンが、スーパーマーケットの人《ひと》たちを納得《なっとく》させることができれば、売《う》り場《ば》に商品《しょうひん》をたくさんおいてもらえる。

すなわち、お客《きゃく》さまに食《た》べてもらう機会《きかい》がふえるということだ。

ナナミは、となりの部屋《へや》で梅《うめ》ジュース味《あじ》の試食《ししょく》の準備《じゅんび》を進《すす》めながら、もれきこえてくる声《こえ》をきいていた。だんだん、胃《い》がいたくなってくる。

『これ、売《う》れるんですか？』

そんなふうにずばっとたずねられたら、なんと答《こた》えればいいんだろう。

不安《ふあん》でしゃがみこみたい気分《きぶん》だ。

ふと顔《かお》をあげると、ナナミの心《こころ》のライバルであるコンポタのオカモト、いや、会議《かいぎ》を担《たん》当《とう》するマーケティング部《ぶ》のオカモト先輩《せんぱい》がこっちを見《み》ていた。

「そんな不安《ふあん》そうな顔《かお》のまま、説明《せつめい》するつもり？」

「いや……。」

ナナミは笑顔《えがお》を作《つく》ったつもりだったけれど、にへらっと、泣《な》き笑《わら》いの顔《かお》にしかならない。

「不安《ふあん》な気《き》もちで話《はな》したら、すぐにばれるからな。梅《うめ》ジュース味《あじ》は、そんなにがんばって売《う》らなくてもいいやって思《おも》われるぞ。」

そんな……。

「たくさんの人《ひと》に食《た》べてもらいたいんだろ。ぜったい、おいしいっていってもらう自《じ》信《しん》があるんだろ？」

ナナミは、うなずいた。

ガリプロ会議《かいぎ》で企画《きかく》が通《とお》ったときから、ずっとずっと開発《かいはつ》してきた味《あじ》。人生《じんせい》の大切《たいせつ》な時《じ》間《かん》をかけて作《つく》った梅《うめ》ジュース味《あじ》だ。

なんども悩《なや》んでフレーバーを作《つく》っているあいだ、ずっと考《かんが》えていたのは、『これを食《た》べた人《ひと》は、どんなふうに笑《わら》ってくれるだろう？』だった。

『自分《じぶん》で、ガリガリ君《くん》を作《つく》りたい。』

『コンポタみたいな、大《だい》ヒット作《さく》を作《つく》りたい。』

そう思《おも》っていたけれど、その気《き》もちはいつのまにか『ガリガリ君《くん》を食《た》べた人《ひと》を、笑顔《えがお》にしたい。』に変《か》わっていた。

七十円《えん》で感《かん》じられるしあわせ。

そうだ。これは、わたしの自信作《じしんさく》なのだ。

「稲葉《いなば》。あいつらを本気《ほんき》にさせろ。」

オカモト先輩《せんぱい》はそういって、営業《えいぎょう》マンがいるとなりの部屋《へや》をびしっと指《ゆび》でさす。

「本気《ほんき》の熱《ねつ》は、営業《えいぎょう》マンをとおして、スーパーマーケットの担当者《たんとうしゃ》にも伝《つた》わる。いいか、魂《たましい》がふるえるような説明《せつめい》をしてこい！」

「はい！」

ナナミのなかで、かちりとスイッチが入《はい》る音《おと》がした。

伝《つた》わるかな、ではない。

伝《つた》えるのだ。


ナナミの番《ばん》がまわってきた。

「商品開発部《しょうひんかいはつぶ》の稲葉《いなば》です。六月《がつ》のガリガリ君《くん》の新作《しんさく》、フレーバーは、梅《うめ》ジュース味《あじ》です。」

百人近《にんちか》い営業《えいぎょう》マンの視線《しせん》が、いっせいにナナミにむけられる。

ナナミは、その視線《しせん》を受《う》けとめた。

（かかってこい！）

ナナミは、覚悟《かくご》を決《き》めていた。

「今回《こんかい》は、子《こ》どもにとってあこがれの味《あじ》である、梅《うめ》ジュース味《あじ》です。甘《あま》い梅酒《うめしゅ》や梅《うめ》チューハイは、大人《おとな》に人気《にんき》の高《たか》い飲《の》み物《もの》ですが、実《じつ》は、ひそかに子《こ》どももあこがれている味《あじ》です。そこで、梅《うめ》ジュースを再現《さいげん》しました。もちろん、アルコールは入《はい》っていません。」

営業《えいぎょう》マンが、じっとナナミの話《はなし》をきいている。

「子《こ》どもにとっては、ちょっと背《せ》のびをしたような気分《きぶん》。また、ガリガリ君《くん》を購入《こうにゅう》する二十代《だい》から三十代《だい》の人《ひと》にとっては、なつかしいと感《かん》じてもらえるように、手作《てづく》り感《かん》のある味《あじ》わいにまとめました。」

ここで、試作品《しさくひん》が配《くば》られる。

四角《しかく》い発泡《はっぽう》スチロールのトレイの上《うえ》に、八等分《とうぶん》したガリガリ君《くん》がのっている。営業《えいぎょう》マンたちは、ひとかけらずつスプーンですくうと、トレイを後《うし》ろの席《せき》にまわしていく。

前《まえ》のほうにすわっていたエイタも、ひとつとった。

八等分《とうぶん》したガリガリ君《くん》の、ちょうど角《かど》の部分《ぶぶん》。

ガリガリ君《くん》の特長《とくちょう》でもある、かりっとした外側《そとがわ》と、シャリシャリ氷《ごおり》のバランスが感《かん》じられる角《かど》の部分《ぶぶん》が、エイタのお気《き》にいりだった。

エイタが、口《くち》にかけらを入《い》れた。

ひんやりとした冷《つめ》たさが、舌《した》に伝《つた》わる。ころりと口《くち》の中《なか》でころがすと、表面《ひょうめん》がとけてきて、甘《あま》ずっぱさも伝《つた》わってきた。

（ガリッ。）

奥歯《おくば》でかみくだく。

小気味《こきみ》いい音《おと》がして、シャリシャリ氷《ごおり》のシンプルな冷《つめ》たさと、かき氷《ごおり》にからみつく濃《こ》いめのアイスクリームミックスがさわやかなハーモニーをかなでている。

ガリガリ……。

まわりからも、シャリシャリ氷《ごおり》をかみくだく音《おと》がした。

すべてとけて飲《の》みこむと、鼻《はな》の奥《おく》に梅《うめ》の香《かお》りがほわりと広《ひろ》がった。

すると、次《つぎ》の瞬間《しゅんかん》、なつかしい気《き》もちになった。

（そういえば、こんな味《あじ》、子《こ》どものころに食《た》べたっけ……。）

顔《かお》を上《あ》げるとナナミが、口《くち》もとをきゅっとむすび、自信《じしん》たっぷりの顔《かお》でじっとエイタを見《み》つめている。でも、エイタには、それはナナミがめいっぱいがんばって作《つく》っている顔《かお》だとすぐにわかった。

目《め》があうと、ナナミは目《め》だけで、『どう？』と、きいてきた。

エイタは、ナナミの目《め》を見《み》つめて、しっかりとうなずいた。

ナナミが、わずかにほっとした表情《ひょうじょう》になる。

「では、質問《しつもん》をお願《ねが》いします。」

マーケティング部《ぶ》の司会《しかい》が、質問《しつもん》をうながした。

あちこちから手《て》があがる。

「なぜ、六月《がつ》に梅《うめ》ジュース味《あじ》ですか？」

「後味《あとあじ》が、すっぱめですが、なぜですか？」

「この色《いろ》は、くすんでいませんか？」

ナナミは、ひとつひとつ、自信《じしん》をもってはっきりと答《こた》えていく。

そのうち、営業《えいぎょう》マンたちの表情《ひょうじょう》が変《か》わってきた。

前《まえ》のめりになって、ナナミの説明《せつめい》をきいている。

「なつかしい味《あじ》って、どういうことですか？」

家庭《かてい》で作《つく》る味《あじ》を再現《さいげん》したと、答《こた》える。

高級《こうきゅう》な梅酒《うめしゅ》ではなく、子《こ》どもも好《この》むように、シンプルでわかりやすい梅《うめ》ジュースを再現《さいげん》したつもりである。

おばあちゃんの梅《うめ》ジュースの味《あじ》だとは、いわなかった。

この味《あじ》がぜったいにいいと信《しん》じているけれど、ナナミの好《この》みだけで、味《あじ》を決《き》めたと思《おも》われたくないのだ。

別《べつ》の営業《えいぎょう》マンが手《て》をあげる。

「そもそも、いまの子《こ》どもにも、梅《うめ》ジュース味《あじ》は人気《にんき》なんですか？」

となりにいる営業《えいぎょう》マンも続《つづ》ける。

「いま、梅酒《うめしゅ》を作《つく》る家《いえ》は、ほとんどないですよね。梅《うめ》ジュースも知《し》らないいんじゃないですか？」

以前《いぜん》、ガリプロ会議《かいぎ》で答《こた》えられなかった質問《しつもん》だ。

でも、今日《きょう》のナナミはその答《こた》えを用意《ようい》していた。

「ガリガリ君《くん》は、子《こ》どもたちだけでなく、三十代《だい》にも売《う》れています。お酒《さけ》のなかでも、梅《うめ》酒《しゅ》は人気《にんき》ですし、缶《かん》チューハイのなかでも、梅《うめ》の味《あじ》は人気《にんき》です。今回《こんかい》の梅《うめ》ジュース味《あじ》は、そういう人《ひと》たちにも好《この》まれるはずです。それに……。」

ナナミは、すわっている営業《えいぎょう》マンの全員《ぜんいん》の顔《かお》を見《み》わたした。

「駄菓子屋《だがしや》の梅《うめ》ジャムも人気《にんき》です。コンビニのおにぎりの具《ぐ》も、梅《うめ》はいつも上位《じょうい》に入《はい》ります。日本人《にほんじん》は、梅《うめ》の味《あじ》が好《す》きだと思《おも》います。」

ナナミは、調《しら》べてきたおにぎりの具《ぐ》や、缶《かん》チューハイの売《う》れゆきデータを示《しめ》す。

ひとつひとつの言葉《ことば》を、はっきりと、自信《じしん》をもって伝《つた》える。

営業《えいぎょう》マンに、この思《おも》いが伝《つた》わりますように。

スーパーマーケットやコンビニエンスストアの人《ひと》に、しっかりととどきますように。


「おつかれさまでしたー！」

その晩《ばん》、ファミレスで顔《かお》を合《あ》わせた、同期《どうき》三人組《にんぐみ》である。

営業会議《えいぎょうかいぎ》のあと、全国《ぜんこく》から集《あつ》まった営業《えいぎょう》マンが全員参加《ぜんいんさんか》する懇親会《こんしんかい》が行《おこな》われた。

そのあと、エイタはナナミをさそい、コウジロウにも声《こえ》をかけて、ファミレスに集《あつ》まったのである。

「おつかれさん！　いい説明《せつめい》だったよ。なに飲《の》む？」

エイタが、たずねる。

「うう、胃《い》がいたい……わたし、ウーロン茶《ちゃ》。」

ナナミが、おなかをおさえる。

「コウジロウは？」

「ぼくは、グレープフルーツジュース。今日《きょう》、車《くるま》なんだ。」

ウーロン茶《ちゃ》をふたつと、グレープフルーツジュースをたのんだエイタは、ナナミにむかって大《おお》きな声《こえ》でいった。

「大丈夫《だいじょうぶ》だ。おれが、がんがん売《う》ってやる！」

「ぼくが、おいしく作《つく》ってあげるから！」

コウジロウの言葉《ことば》をきいて、ナナミは思《おも》わずふきだした。

「それはない！」

笑《わら》いながらいいかえす。

エイタが、得意《とくい》そうに話《はな》しだした。

「最近《さいきん》は、コンビニスイーツが人気《にんき》で、会社帰《かいしゃがえ》りにスイーツを買《か》う人《ひと》がふえているだろ。だから社会人《しゃかいじん》に買《か》ってもらえるように、駅《えき》のそばにあるコンビニに重点的《じゅうてんてき》においてもらうつもり。あとさ。」

エイタは、にやりと笑《わら》う。

「先週《せんしゅう》、スーパーマーケットで、ガリガリ君《くん》をならべていたら、パートさんが教《おし》えてくれたんだけど。」

「なに？」

「六月《がつ》に、このそばの女子大《じょしだい》の音楽祭《おんがくさい》がある。ということは、練習《れんしゅう》や準備《じゅんび》をする。」

コウジロウが、ピンときたようだ。

「練習《れんしゅう》のあとに、ちょっと甘《あま》いもの食《た》べたいよね？」

「そう。ガリガリ君《くん》は、七十円《えん》。」

「買《か》いやすい！」

「そこで、梅《うめ》ジュース味《あじ》。」

「いいね。ぼくなら買《か》う。」

「わたしも買《か》う！　それ、わたしが作《つく》っていなくても買《か》いたい。」

「だろう？　大学《だいがく》のそばのコンビニにも、多《おお》めにおいてもらおうと思《おも》うんだ。こういう小《ちい》さい情報《じょうほう》を集《あつ》めて、しっかり売《う》っていくつもり。」

エイタは、鼻《はな》の穴《あな》をふくらませている。スーパーマーケットの売《う》り場《ば》で、ガリガリ君《くん》をならべてばかりだと文句《もんく》をいっていたときとは、別人《べつじん》のようだ。

「当《あ》たり棒《ぼう》もいっぱい入《い》れてよ。」

ナナミがコウジロウにいうと、

「それはだめ。」

と、すぐに却下《きゃっか》される。

「ケチ。」

「当《あ》たり棒《ぼう》、コンピュータ制御《せいぎょ》だって知《し》っているじゃん。」

「そうだった。」

三人《にん》で、笑《わら》う。

工場《こうじょう》の機械《きかい》には、アイス棒《ぼう》の箱《はこ》が組《く》みこまれている。そのわきに当《あ》たり棒《ぼう》だけ別《べつ》の箱《はこ》に入《はい》っていて、何秒《なんびょう》かに一本《ぽん》、ころりとアイス棒《ぼう》の箱《はこ》に入《はい》るようになっているのだ。

ナナミは、工場研修《こうじょうけんしゅう》ではじめてそれを見《み》たとき、ずっと謎《なぞ》だった当《あ》たり棒《ぼう》の秘密《ひみつ》を知《し》っ

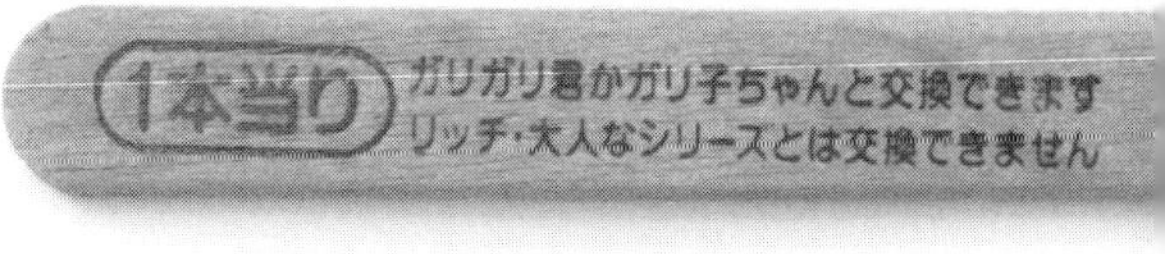
1本当り
ガリガリ君かガリ子ちゃんと交換できます
リッチ・大人なシリーズとは交換できません

て感動《かんどう》したのを思《おも》いだした。

「ねえ。」

ナナミが、ふたりのほうをむく。

「発売《はつばい》されたら、三人《にん》でいっしょに食《た》べない？」

「いいね。」

エイタとコウジロウが、にっこり笑《わら》ってうなずいた。

7

大《たい》量《りょう》生《せい》産《さん》するのは、むずかしい

三月《がつ》になった。

工場《こうじょう》で生産《せいさん》をはじめる前《まえ》には、とても大切《たいせつ》な会議《かいぎ》をしなければならない。

プレビュー会議《かいぎ》だ。

プレビュー会議《かいぎ》は、『このフレーバーを工場《こうじょう》で大量《たいりょう》に作《つく》ると、こんなトラブルが起《お》きるかも？』ということを先《さき》に見《み》つけて、対策《たいさく》をするための会議《かいぎ》である。

いつか、コウジロウが話《はな》していた、『機械《きかい》が、がしゃああんといって止《と》まった。』というホラーな現象《げんしょう》も、工場《こうじょう》の機械《きかい》だからこそ起《お》こるトラブルだ。

ラボで作《つく》るときは一回《かい》こっきりの手作《てづく》り。でも、工場《こうじょう》では機械《きかい》が、何時間《なんじかん》もずーっと連続《れんぞく》して作《つく》りつづけるから、思《おも》いもよらないことが起《お》きるのである。

プレビュー会議《かいぎ》のメンバーは、商品開発部《しょうひんかいはつぶ》のナナミのほかに、工場《こうじょう》、生産技術課《せいさんぎじゅつか》、品質保証部《ひんしつほしょうぶ》、材料部《ざいりょうぶ》、在庫管理部《ざいこかんりぶ》からひとりずつが参加《さんか》する。

中心《ちゅうしん》となるのは、キカイ先輩《せんぱい》ひきいる生産技術課《せいさんぎじゅつか》である。

コウジロウが、いつか行《い》きたいといっている部署《ぶしょ》。工場《こうじょう》の機械《きかい》を知《し》りつくしたプロフェッショナル集団《しゅうだん》だ。

生産技術課《せいさんぎじゅつか》は、ガリガリ君《くん》の黒歴史《くろれきし》であるナポリタン味《あじ》を作《つく》るときも、機械《きかい》のホースやゴムパッキンなどに、トマトの匂《にお》いがついて落《お》ちなくなることをプレビュー会議《かいぎ》で指摘《してき》。ナポリタン味《あじ》を作《つく》ったあとは、ホースなどをすべてとりかえるようにアドバイスした。

次《つぎ》におなじ機械《きかい》で作《つく》ったバニラアイスクリームからトマトの香《かお》りがする、なんてことが起《お》きなかったのも、生産技術課《せいさんぎじゅつか》のおかげなのである。

しかし、いくらプレビュー会議《かいぎ》で問題点《もんだいてん》をさがしても、わからないこともある。

ナポリタン味《あじ》のときは、なんと、工場《こうじょう》の中《なか》がトマトの匂《にお》いでいっぱいになったのだ。トマトが苦手《にがて》な従業員《じゅうぎょういん》が、担当《たんとう》をかえてほしいといってきたほどである。

この問題《もんだい》は、今後《こんご》の課題《かだい》として黒歴史帳《くろれきしちょう》にきざまれている。

工場《こうじょう》にある会議室《かいぎしつ》にナナミが入《はい》ると、すでに工場《こうじょう》を代表《だいひょう》してやってきたコウジロウが席《せき》についていた。

「当《あ》たり棒《ぼう》、たくさん入《い》れて。」

ナナミが、あいさつ代《が》わりに声《こえ》をかけると、

「それはだめ！」

と、笑《わら》いながら即座《そくざ》に返《かえ》してきた。

生産技術課《せいさんぎじゅつか》は、ベテランのキカイ先輩《せんぱい》が担当《たんとう》である。

品質保証部《ひんしつほしょうぶ》のメガネ先輩《せんぱい》も、席《せき》につく。

材料部《ざいりょうぶ》、在庫管理部《ざいこかんりぶ》の担当者《たんとうしゃ》もやってきた。

在庫管理部《ざいこかんりぶ》はその名《な》のとおり、在庫《ざいこ》を管理《かんり》する部署《ぶしょ》である。購買部《こうばいぶ》のガハハ先輩《せんぱい》が、

『安《やす》く買《か》うために、大量《たいりょう》に購入《こうにゅう》したぞ！』

といっても、保管《ほかん》しておく場所《ばしょ》がなければどうにもならない。ガハハ先輩《せんぱい》に『ちょっと待《ま》った！』と声《こえ》をかけながら、保管《ほかん》する場所《ばしょ》を調整《ちょうせい》する大役《たいやく》を担《にな》っている。

会議《かいぎ》は、材料《ざいりょう》が『どんな入《い》れ物《もの》に入《はい》っているか？』からはじまった。二百ミリリットルずつの小《ちい》さな袋《ふくろ》入《い》りなのか、約《やく》十八リットル入《い》りの大《おお》きな一斗缶《いっとかん》とよばれる缶《かん》なのか。

アイスクリームミックスを作《つく》る工場《こうじょう》のタンクは、八千リットル。

今回《こんかい》、梅《うめ》の果汁《かじゅう》は約《やく》三パーセント。つまり、タンクの中《なか》に二百四十リットルの果汁《かじゅう》を入《い》れることになる。

十八リットル入《い》りの一斗缶《いっとかん》なら、十四回《かい》、缶《かん》を開《あ》けて入《い》れる作業《さぎょう》ですむけれど、二百ミリリットルのパックだと、千二百回《かい》も、開《あ》けて入《い》れてをくりかえすことになる。

材料《ざいりょう》をタンクに入《い》れるときにかかる手間《てま》と時間《じかん》が、ぜんぜんちがう。

「今回《こんかい》の材料《ざいりょう》である梅《うめ》の果汁《かじゅう》は、二リットルのパックです。」

材料部《ざいりょうぶ》の担当者《たんとうしゃ》がいうと、コウジロウがうなずいて手元《てもと》の資料《しりょう》に書《か》きこんだ。

二リットルのパックなら、百二十回《かい》だ。

コウジロウは、資料《しりょう》を見《み》つめている。梅《うめ》の果汁《かじゅう》をタンクに入《い》れるときにかかる時間《じかん》を計算《けいさん》しているようだ。

「梅《うめ》の果汁《かじゅう》の、管理温度《かんりおんど》と消費期限《しょうひきげん》はどのくらいですか？」

在庫管理部《ざいこかんりぶ》が、材料部《ざいりょうぶ》にたずねている。

そのまま倉庫《そうこ》においておけるのか、冷蔵庫《れいぞうこ》で冷《ひ》やすのか。冷蔵庫《れいぞうこ》に入《い》れるとしたら、何度《なんど》で管理《かんり》するのか。

ガリガリ君《くん》だけでなく、赤城乳業《あかぎにゅうぎょう》ではほかにもたくさんの種類《しゅるい》のアイスクリームを作《つく》っているのだ。冷蔵庫《れいぞうこ》に入《はい》る量《りょう》にはかぎりがあるし、ちがう温度《おんど》で管理《かんり》するものは、わけなくてはならない。

「常温《じょうおん》です。倉庫《そうこ》で管理《かんり》できます。消費期限《しょうひきげん》は、六か月《げつ》です。」

それをきいた在庫管理部《ざいこかんりぶ》が、資料《しりょう》に書《か》きこんでいる。

次《つぎ》に、作《つく》りかたの確認《かくにん》にうつる。

キカイ先輩《せんぱい》が、コウジロウを見《み》ながらいう。

「注意点《ちゅういてん》としては、ふたつ。はじめて使《つか》う梅《うめ》の果汁《かじゅう》。そして、このシャリシャリ氷《ごおり》だな。

シャリシャリ氷《ごおり》が細《こま》かい。」

コウジロウも、見《み》ていた資料《しりょう》から顔《かお》をあげてうなずいた。


ガリガリ君《くん》を工場《こうじょう》で作《つく》るときには、ふたつの大《おお》きな注意点《ちゅういてん》がある。

ひとつは、糖度《とうど》。

糖度《とうど》が高《たか》いとあわができやすく、表面《ひょうめん》がぶつぶつのガリガリ君《くん》ができあがる。それでは見《み》た目《め》が悪《わる》い。

品質保証部《ひんしつほしょうぶ》のメガネ先輩《せんぱい》なら、一発《いっぱつ》アウトだ。

おなじ糖度《とうど》でも、果物《くだもの》によってあわのできやすさがちがう。はじめての梅《うめ》の果汁《かじゅう》は、どうなるかわからないのだ。

もしもあわがぶくぶくと出《で》るようなら、フレーバーから作《つく》りなおすことになる。大問題《だいもんだい》だ。

もうひとつの注意点《ちゅういてん》は、シャリシャリ氷《ごおり》の中《なか》の空気《くうき》である。

アイスクリームにとって空気《くうき》は、とても大切《たいせつ》な存在《そんざい》だ。ガリガリ君《くん》のようなアイスバーでも、カップに入《はい》ったアイスクリームでも、空気《くうき》がふくまれていないと、歯《は》がたたないくらいかっちんこっちんに凍《こお》ってしまう。

だから、かじったときに気《き》もちよくかじれ、口《くち》の中《なか》でもとけやすいアイスクリームにするために、ほどよく空気《くうき》をふくませているのだ。

ところがかき氷《ごおり》のつぶが小《ちい》さいと、空気《くうき》をふくませにくくなる。アイスクリームミックスと合《あ》わせたときに氷《こおり》がとけやすくなるからだ。

ガリガリ君《くん》は、もともと、昭和《しょうわ》のころにあった大人気商品《だいにんきしょうひん》、かき氷《ごおり》をカップにつめた、

〝赤城《あかぎ》しぐれ〟から作《つく》られている。

この赤城《あかぎ》しぐれを、『子《こ》どもが、遊《あそ》びながら片手《かたて》で食《た》べられる。』をコンセプトに生《う》みだされたのが、ガリガリ君《くん》である。

シャリシャリ氷《ごおり》の食感《しょっかん》は、赤城乳業《あかぎにゅうぎょう》の伝統《でんとう》であり、ガリガリ君《くん》の命《いのち》だ。これだけは、ぜったいにまもらなくてはいけない。

シャリシャリ氷《ごおり》のかき氷《ごおり》をどのくらいの大《おお》きさでけずるかは、ミリ単位《たんい》で決《き》められている。しかし、ナナミは、かき氷《ごおり》のつぶを小《ちい》さくした。梅《うめ》ジュース味《あじ》をより感《かん》じてほしいからだ。

キカイ先輩《せんぱい》が、ナナミの不安《ふあん》を打《う》ちけすようにいった。

「かき氷《ごおり》のつぶを小《ちい》さくした前例《ぜんれい》がある。梨《なし》フレーバーも、シャリシャリの氷《ごおり》が小《ちい》さい。」

前例《ぜんれい》があれば、そのときのデータをもとに考《かんが》えることができる。

「生産《せいさん》する機械《きかい》は、どれを使《つか》うんだっけ?」

キカイ先輩《せんぱい》が、コウジロウにたずねる。

「シャリシャリ氷《ごおり》を作《つく》る削氷室《さくひょうしつ》から、いちばん近《ちか》い機械《きかい》です。」

キカイ先輩《せんぱい》が、うなずいた。

工場《こうじょう》には、いくつもの機械《きかい》がならんでいる。

シャリシャリ氷《ごおり》は、削氷室《さくひょうしつ》で作《つく》られたあと、細《ほそ》いパイプの中《なか》を通《とお》って生産《せいさん》する機械《きかい》まで運《はこ》ばれていく。

工場《こうじょう》の室温《しつおん》は、二十度《ど》。中《なか》にいる人《ひと》が、むりなくはたらける温度《おんど》にたもたれている。

しかしそのぶん、シャリシャリ氷《ごおり》はあたたかい場所《ばしょ》をずっと通《とお》ることになる。削氷室《さくひょうしつ》から遠《とお》い機械《きかい》は、それだけとける危険性《きけんせい》が高《たか》いのだ。

工場《こうじょう》ではそれをみこして、削氷室《さくひょうしつ》からいちばん近《ちか》い機械《きかい》を使《つか》うよう手配《てはい》していた。

「うーん、はじめての材料《ざいりょう》だし、やはり一度《いちど》工場《こうじょう》でテスト生産《せいさん》してみるか。」

キカイ先輩《せんぱい》の言葉《ことば》に、全員《ぜんいん》がうなずいた。

いままで使《つか》ったことのない材料《ざいりょう》は、思《おも》いもよらないことが起《お》きる。部屋《へや》の中《なか》でいろいろ考《かんが》えるより、作《つく》ってみたほうが早《はや》いのだ。

『作《つく》ってみなくちゃ、わからない。』

マロン先輩《せんぱい》は、いつもそういっている。

いつだったかマロン先輩《せんぱい》が新作《しんさく》の白《しろ》いアイスクリームを作《つく》ったときは、プレビュー会議《かいぎ》ではうまくいきそうだったのに、工場《こうじょう》でテスト生産《せいさん》してみたら茶色《ちゃいろ》いアイスクリームがカップにしぼりだされてきたという。

目《め》が点《てん》になる、マロン先輩《せんぱい》。

そのとき、マロン先輩《せんぱい》の頭《あたま》のなかには、悪魔《あくま》と天使《てんし》が登場《とうじょう》した。

『これでもいいんじゃないの？　茶色《ちゃいろ》くてもおいしそうかもよ？』という悪魔《あくま》と、

『これじゃ、ダメだよ！　やっぱり白《しろ》じゃないと！』という天使《てんし》。

悪魔《あくま》と天使《てんし》が、頭《あたま》のなかを飛《と》びまわり、悪魔《あくま》のささやきによろめきそうになったところで、品質保証部《ひんしつほしょうぶ》のメガネ先輩《せんぱい》の『ダメです。』という冷静《れいせい》な声《こえ》がした。

マロン先輩《せんぱい》は、おかげでわれにかえったそうだ。

プレビュー会議《かいぎ》から、二週間後《しゅうかんご》の三月《がつ》の終《お》わり。

ナナミは、ガリガリ君《くん》を作《つく》っている、本庄千本《ほんじょうせんぼん》さくら『5S《エス》』工場《こうじょう》にやってきた。

入社《にゅうしゃ》したあと、工場研修《こうじょうけんしゅう》に通《かよ》った工場《こうじょう》。あのころの、わくわくした気《き》もちがよみがえる。

工場《こうじょう》のそばを流《なが》れる川《かわ》の土手《どて》には、つぼみがふくらんだ桜並木《さくらなみき》が続《つづ》いている。もう少《すこ》しすると、満開《まんかい》の桜《さくら》が見《み》られるだろう。

工場《こうじょう》に、『5S《エス》』とちょっと変《か》わった名前《なまえ》が入《はい》っているのには、理由《りゆう》がある。

五つのS《エス》とは、整理《せいり》、整頓《せいとん》、清掃《せいそう》、清潔《せいけつ》、しつけ。

この工場《こうじょう》は、ふつうの食品工場《しょくひんこうじょう》ではなく、製薬会社《せいやくがいしゃ》の工場《こうじょう》とおなじくらいのクリーンな工場《こうじょう》として作《つく》られた。そのことをつねに意識《いしき》しようと、工場《こうじょう》の名前《なまえ》に『5S《エス》』と入《い》れてあるのだ。

ナナミは、工場《こうじょう》の受付《うけつけ》で自分《じぶん》の名前《なまえ》を記入《きにゅう》した。工場《こうじょう》にだれが入《はい》ったかは、きびしく管《かん》理《り》されている。

用意《ようい》されている体温計《たいおんけい》で、体温《たいおん》をはかる。

(三十六・二度《ど》。平熱《へいねつ》、と。吐《は》き気《け》なし。下痢《げり》もなし。)

チェックリストに丸《まる》をつけていく。体調《たいちょう》の悪《わる》い人《ひと》は、工場《こうじょう》に入《はい》れないのだ。

更衣室《こういしつ》に進《すす》んで、家《いえ》から着《き》てきた上着《うわぎ》やズボンをぬぐ。シャツと下着姿《したぎすがた》になったところで、体《からだ》じゅうに粘着《ねんちゃく》ローラーをかけて、ほこりをとりのぞく。

コロコロコロ。

もちろん、くつ下《した》も、足《あし》のうらの部分《ぶぶん》も、コロコロとあてていく。

ユニフォームを着《き》たらマスクをして、頭《あたま》をすっぽりとおおうフェイスマスクをはめる。

更衣室《こういしつ》から工場《こうじょう》のほうに進《すす》むと小部屋《こべや》があり、ふたたび粘着《ねんちゃく》ローラーでユニフォームの上《うえ》から毛《け》やほこりをとる。

そして、テープを五センチほどの長《なが》さで切《き》ると、鏡《かがみ》の前《まえ》で片方《かたほう》ずつまゆの上《うえ》にあてた。

（そうそう、これこれ。）

ナナミは、テープをまゆにあてながら、工場《こうじょう》で研修《けんしゅう》していたころを思《おも》いだしていた。

まゆ毛《げ》だって、ぬける。そのとき運悪《うんわる》くアイスの中《なか》に入《はい》ってしまうことが、ないとはいいきれない。だから、工場《こうじょう》に入《はい》る前《まえ》にはまゆ毛《げ》にテープをはりつけて、ぬけそうな毛《け》をとってしまおうというのである。

全身《ぜんしん》に掃除機《そうじき》をかけてほこりをすいとり、専用《せんよう》のくつをはいたら、くつのうらのよごれを落《お》とし、かべの穴《あな》から出《で》てくる強《つよ》い風《かぜ》のなかを、ぐるぐると回《まわ》りながら通《とお》る。

洗面台《せんめんだい》で手《て》を洗《あら》い、爪《つめ》のすきまもブラシで洗《あら》う。

（医療《いりょう》ドラマみたい。）

ブラシで爪《つめ》を洗《あら》うたびにナナミは、大好《だいす》きな医療《いりょう》ドラマの手術前《しゅじゅつまえ》のシーンを思《おも》いだす。

消毒液《しょうどくえき》で手《て》を清潔《せいけつ》にしたら、うすいゴム手袋《てぶくろ》をはめ、これでやっと工場《こうじょう》の中《なか》に入《はい》れるのである。


プレビュー会議《かいぎ》のメンバーは全員《ぜんいん》、シャリシャリ氷《ごおり》を作《つく》る削氷室《さくひょうしつ》に集《あつ》まった。

百三十五キロもある、人《ひと》がすっぽり氷《こおり》の中《なか》に入《はい》れそうなくらい大《おお》きくて四角《しかく》い氷《こおり》のかたまりがいくつもおいてある。

これを大型《おおがた》の刃《は》がついた機械《きかい》でけずっていくのだ。

「はじめます。」

コウジロウが合図《あいず》をすると、氷《こおり》がけずられはじめた。

けずられた氷《こおり》に、梅《うめ》ジュース味《あじ》のアイスクリームミックスがまぜあわされていく。

ぐるんぐるんとかきまぜられ、白《しろ》かったかき氷《ごおり》が、黄緑色《きみどりいろ》に変《か》わっていく。

「移動《いどう》しましょう。」

コウジロウの合図《あいず》で、ナナミたちは、削氷室《さくひょうしつ》を出《で》てガリガリ君《くん》を作《つく》る巨大《きょだい》な機械《きかい》にむかった。

コウジロウが、すでに動《うご》いている機械《きかい》の上《うえ》にあがり、なにかいじっている。

そこは、八千リットルの大型《おおがた》タンクから細《ほそ》いパイプを通《とお》ってきた、ガリガリ君《くん》のアイスクリームミックスが出《で》てくるところだ。

コウジロウは、この出口《でぐち》に糖度計《とうどけい》をおいて、出《で》てくるアイスクリームミックスをたらしている。

昨日《きのう》まで別《べつ》の味《あじ》のガリガリ君《くん》を作《つく》っていたので、パイプの中《なか》はしっかり洗《あら》ってある。最初《さいしょ》にここを通《とお》ってくる梅《うめ》ジュース味《あじ》のアイスクリームミックスは、パイプの中《なか》に残《のこ》っている水《みず》とまざって、うすくなっているのだ。

うすくなったアイスクリームミックスは、糖度《とうど》が低《ひく》い。

コウジロウは、ナナミが作《つく》ったレシピどおりの糖度《とうど》になるまで、なんども確認《かくにん》している。

四回《かい》、五回《かい》、六回《かい》……。

七回目《かいめ》にアイスクリームミックスを糖度計《とうどけい》にたらしたとき、コウジロウが、さっとパイプの弁《べん》を切《き》りかえた。横一列《よこれつ》に十二個《こ》ならんだガリガリ君《くん》の型《かた》に、アイスクリームミックスが注《そそ》ぎこまれていく。

次《つぎ》から次《つぎ》へと、横《よこ》一列《れつ》にならんだ型《かた》があらわれ、どんどんアイスクリームミックスが入《い》れられていく。

コウジロウは専用《せんよう》の道具《どうぐ》を使《つか》い、それぞれの型《かた》に決《き》められた量《りょう》が入《はい》っているかを調《しら》べてうなずいた。

機械《きかい》は、正確《せいかく》に動《うご》いているようだ。

続《つづ》いて、さっき作《つく》ったばかりのシャリシャ

リ氷《ごおり》が、削氷室《さくひょうしつ》から送《おく》られはじめた。

コウジロウは、さっきとおなじように糖度《とうど》をチェックする。

さらに、一個分《こぶん》の量《りょう》が正《ただ》しく注《そそ》がれているか、機械《きかい》の注《そそ》ぎ口《ぐち》に専用《せんよう》の四角《しかく》いひしゃくのようなものをあて、シャリシャリ氷《ごおり》を受《う》けとめて確認《かくにん》している。

本格的《ほんかくてき》に、テスト生産《せいさん》がはじまった。

機械《きかい》が動《うご》く音《おと》が、工場内《こうじょうない》にひびきわたる。

今日《きょう》はテストなので、当《あ》たり棒《ぼう》は入《い》れない。

梅《うめ》ジュース味《あじ》のガリガリ君《くん》が、すごいいきおいで作《つく》られていく。

ナナミは、その光景《こうけい》をじっと見《み》つめていた。

自分《じぶん》が企画《きかく》し、何《なん》か月《げつ》もかけて試作《しさく》をくりかえし、ついに完成《かんせい》したフレーバーが、目《め》の前《まえ》でガリガリ君《くん》になっていく。

けれど、まだ感激《かんげき》している場合《ばあい》ではなかった。

今日《きょう》のテスト生産《せいさん》でうまく作《つく》ることができなければ、また、レシピ作《づく》りはふりだしにもどるかもしれないのだ。

ほんの数分《すうふん》で、ガリガリ君《くん》が完成《かんせい》していく。

ガリガリ君《くん》を型《かた》からぬいたところを機械《きかい》の下《した》から見《み》ると、大量《たいりょう》のガリガリ君《くん》が、ずんずんと大行進《だいこうしん》をしているようだ。

コウジロウが、できあがったばかりのガリガリ君《くん》を持《も》ってきてくれた。今日《きょう》はタカハシさんが描《か》いた絵《え》ではなく、透明《とうめい》なフィルムのパッケージにくるまれている。

ナナミは、ばりばりと開《あ》けた。

アイス棒《ぼう》を持《も》って、ガリガリ君《くん》をじっと見《み》る。

(泡《あわ》は?　色《いろ》は?)

持《も》ってきた外観基準書《がいかんきじゅんしょ》につけた写真《しゃしん》と、見《み》くらべる。

感覚《かんかく》ではなくこうして、てらしあわせて確認《かくにん》するのだ。

(泡《あわ》は……ない。)

うら側《がわ》や、棒《ぼう》のささっている部分《ぶぶん》も見《み》たけれど、あわは出《で》ていなかった。

(よかった。でも、色《いろ》が少《すこ》し濃《こ》い?　もう少《すこ》し、うすい色《いろ》になるはずだけど。)

工場《こうじょう》で作《つく》ると、少《すこ》し色《いろ》が変《か》わるようだ。

そして、かんじんの味《あじ》は。

ナナミは機械《きかい》から少《すこ》しはなれると、指《ゆび》でフェイスマスクとその下《した》にはめているマスクをぐっと下《さ》げて、ガリガリ君《くん》をかじった。

（あれ、かたい？）

もう一度《いちど》かじる。

まちがいなくかたかった。シャリシャリ氷《ごおり》が、予定《よてい》よりとけてしまい、空気《くうき》がうまくふくまれていないようだ。

となりで、メガネ先輩《せんぱい》が首《くび》を横《よこ》にふっている。

「かたいね。」

やっぱり……。

すぐに機械《きかい》が止《と》められた。

ナナミ、ショック度《ど》、二百パーセント。

梅《うめ》ジュース味《あじ》は、どうなってしまうのか。やはり、かき氷《ごおり》の大《おお》きさは、もとにもどしたほうがいいのだろうか。

不安《ふあん》そうな顔《かお》をしていると、キカイ先輩《せんぱい》がそばにきて、ナナミの腕《うで》のあたりをぽんとたたいてうなずいた。フェイスマスクから見《み》える目元《めもと》は、力強《ちからづよ》く笑《わら》っている。

(え?)

「大丈夫《だいじょうぶ》。」

コウジロウもそういって、まかせておけという顔《かお》をしている。

「かき氷《ごおり》とアイスクリームミックスをまぜる、速度《そくど》を変《か》えてみます。」

作《つく》りかたを少《すこ》し変《か》えて、中《なか》に空気《くうき》をふくませようというのだ。

ふたたび、氷《こおり》がけずられて、アイスクリームミックスが入《い》れられる。まぜる速度《そくど》を変《か》えたというけれど、ナナミにはよくわからない。

新《あたら》しく作《つく》りなおしたシャリシャリ氷《ごおり》で、ガリガリ君《くん》が作《つく》られていく。

コウジロウが、できあがったガリガリ君《くん》をナナミにわたした。

見《み》た目《め》は、さっきとまったくかわらない。

ナナミは、パッケージを開《あ》けると、ガリガリ君《くん》に歯《は》をあてた。

（かりっ。）

小気味《こきみ》のいい音《おと》がした。

（あ！）

ガリ、ガリガリ……。

シャリシャリ氷《ごおり》の部分《ぶぶん》を、奥歯《おくば》でかむ。

気《き》もちのいい、かみごたえ。

すぐに、梅《うめ》ジュースの甘《あま》ずっぱさが口《くち》の中《なか》に広《ひろ》がってきた。

「うん！」

ナナミは目《め》をかがやかせながら、コウジロウを見《み》た。

おなじようにかじったコウジロウも、ナナミを見《み》てうなずいている。

「いいんじゃない？」

「シャリシャリ感《かん》、ちゃんと出《で》ていますね。」

キカイ先輩《せんぱい》も、メガネ先輩《せんぱい》もうなずいている。

「よかった〜。」

へなへなと力《ちから》がぬけていく。

さっきまでは不安《ふあん》で不安《ふあん》で、ナナミのもとにも悪魔《あくま》があらわれた。

『少《すこ》しくらい、かたくてもいいんじゃない？　OK《オーケー》にしちゃえば？』

キカイ先輩《せんぱい》にむかって思《おも》わず、『これでいいです！』といいそうになったほどだ。

冷静《れいせい》なメガネ先輩《せんぱい》がいてくれてよかった……。

ほっとしたナナミのもとに、こんどは正義感《せいぎかん》でいっぱいの天使《てんし》があらわれた。

『色《いろ》、色《いろ》。色《いろ》のこと、ちゃんといっておかないと！』

ナナミは、キカイ先輩《せんぱい》にうったえた。

「あの、色《いろ》が少《すこ》しちがうんです。」

「たしかに、外観基準書《がいかんきじゅんしょ》の写真《しゃしん》の色《いろ》より濃《こ》いね。」

メガネ先輩《せんぱい》も気《き》づいている。

「なんとかなりませんか？」

キカイ先輩《せんぱい》に歩《あゆ》みよると、コウジロウがあいだに入《はい》ってきた。

「このくらいは、誤差《ごさ》の範囲《はんい》じゃないの？」

「えーっ！」

ナナミが不満《ふまん》そうな声《こえ》を出《だ》すと、キカイ先輩《せんぱい》がにっこり笑《わら》う。

「なんとかする。まかせておけ。」

さすが、生産技術課《せいさんぎじゅつか》、キカイ先輩《せんぱい》！


翌日《よくじつ》、タカハシさんが、完成《かんせい》したパッケージの見本《みほん》を持《も》ってきた。

ガリプロ会議《かいぎ》のメンバーが、会議室《かいぎしつ》に集《あつ》まる。

「どうでしょう？」

タカハシさんが机《つくえ》の上《うえ》に、三種類《しゅるい》の絵《え》が描《えが》かれたパッケージをおいた。

「わあ！」

そのあざやかな仕上《しあ》がりを見《み》たナナミは、思《おも》わず声《こえ》が出《で》た。

ガリガリ君《くん》が、あのガリガリ君《くん》が、ナナミが作《つく》った梅《うめ》ジュース味《あじ》になっている！

両手《りょうて》に持《も》った、ころんとした梅《うめ》の実《み》がかわいい。

ガリガリ君《くん》の指《ゆび》も、すごくかわいい。

ガラスのコップに入《はい》った氷《こおり》はすずしげで、中《なか》に入《はい》っている梅《うめ》ジュースをごくごく飲《の》みたくなる。

『ガリガリ君《くん》』という文字《もじ》の下《した》には、しっかりと『梅《うめ》ジュース味《あじ》』と書《か》いてあった。

(ほんとに、ほんとうに、商品《しょうひん》になるんだ!)

急《きゅう》に、実感《じっかん》がわいてきた。

「タカハシさん、ありがとうございます!」

ナナミがいうと、タカハシさんがにっこり笑顔《えがお》になる。

いよいよだ。

ナナミは感激《かんげき》して、パッケージをずっと見《み》つめていた。

発売《はつばい》まであと一か月《げつ》。

エイタも本格的《ほんかくてき》に動《うご》きはじめていた。

梅《うめ》ジュース味《あじ》の見本《みほん》を持《も》って、スーパーマーケットへの営業《えいぎょう》である。

その日《ひ》は、五月《がつ》だというのに気温《きおん》がぐんぐん上昇《じょうしょう》していた。

半袖《はんそで》でも、暑《あつ》いくらいだ。

ガリガリ君《くん》がとけないように、ドライアイスを多《おお》めにつめた発泡《はっぽう》スチロールの箱《はこ》は重《おも》い。でも、重《おも》さの理由《りゆう》は、ドライアイスだけではなかった。

ちょっと多《おお》めに見本《みほん》が入《はい》っている。

「これ、六月《がつ》に出《で》る新作《しんさく》です。みなさんで食《た》べてください！」

スーパーマーケットの人《ひと》たちに、わたしていく。

見本《みほん》なので、銀色《ぎんいろ》の仮包装《かりほうそう》に包《つつ》まれている。中身《なかみ》の色《いろ》は見《み》えない。

「こんどは、なに味《あじ》なの？」

パートさんがきいてくる。

「梅《うめ》ジュース味《あじ》です！」

「へえ？　おもしろい味《あじ》を出《だ》してきたね。」

興味《きょうみ》をしめしてくれる。

「この夏《なつ》のイチオシなんです。梅《うめ》は、日本人《にほんじん》の心《こころ》の味《あじ》ですから。それになんたって、六月《がつ》は梅雨《つゆ》。〝梅《うめ》〟の季節《きせつ》ですからね！」

エイタは、ナナミの説明《せつめい》どおり、いや、それ以上《いじょう》に熱心《ねっしん》に説明《せつめい》していく。

パートさんたちが集《あつ》まってくる。

「あら、わたし、梅《うめ》ジュース好《す》きなのよ。」

「ねえ、梅《うめ》ジュース味《あじ》ですって。」

ほかのパートさんにも、声《こえ》をかけている。

食《た》べておいしいといってもらいたい。もっと、ガリガリ君《くん》のファンになってほしい。

見本《みほん》を紹介《しょうかい》したあと、エイタは、店内《てんない》に入《はい》らせてもらう。

冷凍《れいとう》ケースの棚《たな》にあるガリガリ君《くん》を、きれいにならべていく。

となりにならんでいる、ほかのメーカーの商品《しょうひん》もきれいにととのえた。

ガリガリ君《くん》は、アイスクリーム業界《ぎょうかい》をひっぱる存在《そんざい》になりたい。

アイスクリーム売《う》り場《ば》がきちんとしていたら、それだけでお客《きゃく》さまは、気《き》もちよく買《か》えるのだ。

「いつも、ありがとうね。」

店員《てんいん》さんのひとりが、声《こえ》をかけてくれる。

ありがとうといってもらえる仕事《しごと》は、すごくすてきだと思《おも》う。

エイタはうれしくなって、笑《わら》ってぺこりとおじぎをした。

8

材《ざい》料《りょう》が、とどかない!?

購買部《こうばいぶ》が手配《てはい》した材料《ざいりょう》が、そろそろ工場《こうじょう》にとどいて生産《せいさん》がはじまる……というときに、日本列島《にほんれっとう》を強《つよ》い熱帯低気圧《ねったいていきあつ》がおそった。

記録的《きろくてき》な大雨《おおあめ》が続《つづ》き、各地《かくち》に大《おお》きな被害《ひがい》をもたらしている。

ナナミが会社《かいしゃ》にくると、購買部《こうばいぶ》は、あわただしい動《うご》きをしていた。

関西地方《かんさいちほう》にある工場《こうじょう》が被災《ひさい》したら、梅《うめ》ジュース味《あじ》の材料《ざいりょう》がとどかないからだ。ほかの材《ざい》料《りょう》はともかく、かんじんの梅《うめ》の果汁《かじゅう》がなければ生産《せいさん》をはじめられない。

ガハハ先輩《せんぱい》たちは、朝《あさ》からあちこちに電話《でんわ》をかけまくっている。

「梅《うめ》の果汁《かじゅう》、どうだ？」

「工場《こうじょう》に、大《おお》きな被害《ひがい》はないそうです。」

「そうか、よかった。」

ガハハ先輩《せんぱい》がほっとしたのもつかの間《ま》、むかいにすわる購買部《こうばいぶ》のひとりが声《こえ》をあげた。

「ガハハ先輩《せんぱい》！　トラックの手配《てはい》がつかないそうです！」

「どういうことだ？」

「トラックの駐車場《ちゅうしゃじょう》が水没《すいぼつ》して、運《はこ》べるトラックがないそうです。」

「道《みち》もだめです。高速道路《こうそくどうろ》に土砂《どしゃ》くずれが起《お》きて、通行止《つうこうど》めが続《つづ》いています！」

「しまった、そっちか！」

工場《こうじょう》で生産《せいさん》ができても、トラックが走《はし》れなければ材料《ざいりょう》は運《はこ》べない。

「運《はこ》ぶ方法《ほうほう》を考《かんが》えろ！」

ガハハ先輩《せんぱい》が、大《おお》きな声《こえ》を出《だ》す。

「あの、ガハハ先輩《せんぱい》……。」

心配《しんぱい》になってナナミは、ガハハ先輩《せんぱい》に声《こえ》をかけた。

梅《うめ》の果汁《かじゅう》がなければ、生産《せいさん》が間《ま》にあわなくなってしまう。

「おう、稲葉《いなば》。どうした？」

「材料《ざいりょう》、大丈夫《だいじょうぶ》なんでしょうか。」

「なに、しけた顔《かお》してんだ。大丈夫《だいじょうぶ》。ここをなんとかするのが、おれの仕事《しごと》だ。心配《しんぱい》するな！」

ガハハ先輩《せんぱい》は、そういってまた電話《でんわ》をかけはじめた。

ナナミは、だんだんわかってきた。この会社《かいしゃ》の人《ひと》たちは、トラブルが起《お》きたり、うまくいかないときにこそはりきるのだ。

「購買部《こうばいぶ》の底力《そこぢから》を見《み》せるぞ！」

ガハハ先輩《せんぱい》は、購買部《こうばいぶ》の人《ひと》たちにそういうと、また電話《でんわ》をかけている。

受話器《じゅわき》をにぎりしめながら、まるで目《め》の前《まえ》に人《ひと》がいるかのように頭《あたま》を下《さ》げている。

いつも、視察《しさつ》といってあちこちに行《い》けていいなと思《おも》っていたけれど、こうして大変《たいへん》なときにこそ、顔《かお》を合《あ》わせて気《き》もちを通《かよ》わせた人《ひと》たちとの信頼関係《しんらいかんけい》がものをいう。

それを証拠《しょうこ》に。

「いやあ、いつもすみません。ほんとですか、助《たす》かります。ありがとうございます！」

ガハハ先輩《せんぱい》の大《おお》きな声《こえ》と笑《わら》い声《ごえ》が、フロアにひびいていた。

数日後《すうじつご》。

「稲葉《いなば》。梅《うめ》の果汁《かじゅう》、ちゃんととどいたぞ。」

ガハハ先輩《せんぱい》が、教《おし》えてくれた。

「ありがとうございます。さすがガハハ先輩《せんぱい》です！」

よかった。これで、予定《よてい》どおりに生産《せいさん》がはじめられる。

「大変《たいへん》でしたね。梅《うめ》の果汁《かじゅう》はあるのに、運《はこ》べないなんて。」

「まあな。でも、そのあたりは、ちょいちょいっと。」

「えっ、またどこかを、だましたんですか？」

「おまえ、だますだなんて、人《ひと》ぎきの悪《わる》いことを。」

「だって、ガハハ先輩《せんぱい》、いつも材料《ざいりょう》メーカーさんを上手《じょうず》にだまして安《やす》く買《か》ってくるじゃないですか。」

「うそはついていない。」

そういったガハハ先輩《せんぱい》は、小《ちい》さな声《こえ》でぼそっといった。

「でも、大盛《おおも》りはあり。」

ナナミは、思《おも》わずふきだした。

「うそと大盛《おおも》り、境界線《きょうかいせん》はどこにあるんですか？」

「それは、おれの心《こころ》のなかに。」

そういってガハハ先輩《せんぱい》は、やっぱりガハハと笑《わら》っていた。

五月《がつ》。

ついに、梅《うめ》ジュース味《あじ》を生産《せいさん》する日《ひ》がやってきた。

やるべきことは、すべてやった。フレーバー作《づく》り。営業会議《えいぎょうかいぎ》での説明《せつめい》。工場《こうじょう》で生産《せいさん》するときのトラブルも、対応《たいおう》したはずだ。

(大丈夫《だいじょうぶ》。大丈夫《だいじょうぶ》。)

ナナミは、心《こころ》のなかでそういいながら工場《こうじょう》にむかった。

午前《ごぜん》七時《じ》。

工場《こうじょう》の機械《きかい》の前《まえ》にはナナミのほかに、メガネ先輩《せんぱい》やキカイ先輩《せんぱい》などの最終確認《さいしゅうかくにん》メンバーが集《あつ》まった。

コウジロウたち工場担当者《こうじょうたんとうしゃ》の手《て》によって、準備《じゅんび》が進《すす》められていく。

すべてがととのうと、大《おお》きな機械《きかい》が動《うご》きだして、梅《うめ》ジュース味《あじ》のガリガリ君《くん》を作《つく》りはじめた。

(いよいよだ。)

ナナミは、どきどきしながら機械《きかい》を見上《みあ》げた。

リズミカルに機械《きかい》が動《うご》き、ガリガリ君《くん》をどんどん作《つく》っていく。

ナナミは、できあがったガリガリ君《くん》を一本《ぽん》、手《て》にとった。

（あ！）

テスト生産《せいさん》のときは、色《いろ》が少《すこ》し濃《こ》かったけれど、うすくなっている。

ナナミが、作《つく》りたかった色《いろ》になっているのだ。

ナナミは、コウジロウを見《み》た。

目《め》があうとコウジロウは、そっとうなずいた。キカイ先輩《せんぱい》とコウジロウたちが、うまく調整《ちょうせい》してくれたのだ。

食《た》べてみる。シャリッと音《おと》がして口《くち》の中《なか》に梅《うめ》ジュース味《あじ》が広《ひろ》がる。

となりで、メガネ先輩《せんぱい》がメガネの奥《おく》の目《め》を光《ひか》らせながら、重《おも》さや長《なが》さなどをたしかめている。作《つく》るときのアイスクリームミックスの量《りょう》は、今日《きょう》もコウジロウが確認《かくにん》したけれど、大切《たいせつ》なのは、できあがったガリガリ君《くん》が、ちゃんとした大《おお》きさで作《つく》られているかどうかということだ。

午前《ごぜん》九時《じ》。

工場《こうじょう》は、本格的《ほんかくてき》な生産体制《せいさんたいせい》に入《はい》った。

当《あ》たりの焼《や》き印《いん》がおされたアイス棒《ぼう》が、ふつうのアイス棒《ぼう》の箱《はこ》の中《なか》に、ころん、ころんと、落《お》ちていく。

できあがったガリガリ君《くん》が、パッケージにつつまれていく。

『梅《うめ》ジュース味《あじ》！　おいしいよ！』『たのしいよ！』『うれしいね！』

三種類《しゅるい》のデザインは、一本《ぽん》の長《なが》いフィルムに順番《じゅんばん》に印刷《いんさつ》されて、大《おお》きなロール状《じょう》になっている。そして、できあがったガリガリ君《くん》をつつみこむと、すぐにひとつずつ切《き》りはなされていく。

そのままX《エックス》線検査《せんけんさ》の機械《きかい》の中《なか》を通《とお》り、金属《きんぞく》や異物《いぶつ》が入《はい》っていないかチェックされ、箱《はこ》につめられて倉庫《そうこ》へと運《はこ》ばれていく。

そのとき、音楽《おんがく》が鳴《な》った。

どこかでトラブルが起《お》こっていることを伝《つた》える音《おと》だ。

コウジロウが、さっと動《うご》く。

すばやくトラブルの原因《げんいん》を見《み》ぬいて、対応《たいおう》している。

ガリガリ君《くん》を作《つく》るのは機械《きかい》だ。

でも、それを見《み》まもり、うまく使《つか》いこなすのは、やっぱり人《ひと》なのである。

ガリガリ君《くん》のイラストが描《えが》かれた大型《おおがた》トラックが、工場《こうじょう》を出発《しゅっぱつ》する。

北《きた》は北海道《ほっかいどう》。南《みなみ》は沖縄《おきなわ》まで、この工場《こうじょう》から運《はこ》ばれていく。

出荷《しゅっか》！

9

食《た》べた人《ひと》を笑顔《えがお》にしたい

発売日《はつばいび》がやってきた。
ナナミは、前《まえ》の日《ひ》から眠《ねむ》れなかった。
（売《う》れるかな。）
不安《ふあん》な気《き》もちが、おそいかかってくる。
売《う》れなかったら、ペナルティだ。
『稲葉《いなば》ナナミ。ガリガリ君《くん》〝梅《うめ》ジュース味《あじ》〟の販売不振《はんばいふしん》によりペナルティ。』
社内《しゃない》のインターネットサイトにでかでかと書《か》かれ、ボーナスから三万円《まんえん》の没収《ぼっしゅう》である。
（どうしよう。）
期待《きたい》と不安《ふあん》がいりまじった状態《じょうたい》で会社《かいしゃ》に行《い》き、ラボで次《つぎ》の商品《しょうひん》の開発《かいはつ》をする。
十二時《じ》を告《つ》げるチャイムが鳴《な》った。
（お昼休《ひるやす》みだ！）
ナナミは、走《はし》って更衣室《こういしつ》にもどると、カバンの中《なか》からスマホをとりだした。
『ガリガリ君《くん》　梅《うめ》ジュース味《あじ》』
検索《けんさく》サイトにそう入《い》れて、ボタンをおす。

表示《ひょうじ》が出《で》るまでのあいだ、どきどきして心臓《しんぞう》が爆発《ばくはつ》しそうだ。
（出《で》た！）
さっそく食《た》べた人《ひと》たちが、ＳＮＳ《エスエヌエス》で発信《はっしん》しはじめている。
『なつかしい。』
『梅《うめ》ジュース味《あじ》！　待《ま》ってたこれ！』
『どうしていままでなかった？　リピまちがいなし！』
（うわあ……。）
あたたかなコメントに、涙《なみだ》が出《で》そうになる。
『いいコメントじゃなく、きびしい意見《いけん》を見《み》ろよ。』
マロン先輩《せんぱい》には、そういわれている。
だけど今日《きょう》くらいは、うれしい気分《きぶん》にひたっていたい。
ナナミはそのまますぐに、駅前《えきまえ》にあるコンビニエンスストアに走《はし》った。
ここでもう、梅《うめ》ジュース味《あじ》が売《う》られているはずだ。
ちょうど昼休《ひるやす》みのコンビニエンスストアは、お昼《ひる》ごはんを買《か》いもとめる人《ひと》でいっぱいだ。

それに、試験《しけん》が終《お》わったあとなのだろうか。高校生《こうこうせい》の姿《すがた》もたくさんある。

（あ！）

男子高校生《だんしこうこうせい》が三人《にん》、アイスクリーム売《う》り場《ば》をのぞきこんでいる。

（気《き》づいて！　買《か》って！）

後《うし》ろからナナミが念《ねん》をおくると、ひとりが梅《うめ》ジュース味《あじ》に手《て》をのばした。

「へえ、梅《うめ》ジュース味《あじ》だって。」

「新作《しんさく》？」

「じゃないの？　おれ、子《こ》どものころ、梅酒《うめしゅ》の梅《うめ》を食《た》べて、よっぱらったんだよね。」

「あるある！　あれ、うまいんだけど、酒《さけ》だから親父《おやじ》もお袋《ふくろ》も、あんまり食《く》わしてくんないんだよな。」

そういって笑《わら》いながら三人《にん》が、梅《うめ》ジュース味《あじ》を持《も》ってレジに行《い》く。

三人《にん》が支払《しはら》いをすませて、コンビニエンスストアから出《で》ていく。

ナナミも、三人《にん》のあとを追《お》う。

運動部《うんどうぶ》に入《はい》っているらしき髪《かみ》の短《みじか》い三人組《にんぐみ》は、コンビニエンスストアを出《で》ると同時《どうじ》に、ばりばりとパッケージをやぶりはじめた。

（あのう、それはタカハシさんの力作《りきさく》ですから、もう少《すこ》していねいに……。）

そう願《ねが》ったところで、いつも腹《はら》ペコ状態《じょうたい》の男子高校生《だんしこうこうせい》には、外側《そとがわ》より中身《なかみ》だろう。

三人《にん》が、ガリガリと食《た》べる。

めちゃめちゃ笑顔《えがお》で、楽《たの》しそうに話《はなし》をしている。

なんの話《はなし》だろう。

勉強《べんきょう》？　部活《ぶかつ》？　それとも好《す》きな女《おんな》の子《こ》？

「うまっ。」

ひとりが、はじけるような笑顔《えがお》でそういった。

ナナミには、もう、その笑顔《えがお》だけで十分《じゅうぶん》である。

翌朝《よくあさ》、出社《しゅっしゃ》するとすごいことになっていた。

購買部《こうばいぶ》で、緊急会議《きんきゅうかいぎ》が行《おこな》われていたのである。

「増産《ぞうさん》！」

「やばいぞ。」

「材料《ざいりょう》、がんがん作《つく》ってもらえ！」

コウジロウは、工場《こうじょう》で走《はし》りまわっている。

一方《いっぽう》、エイタも走《はし》りまわっていた。

「関東支店《かんとうしてん》、追加《ついか》お願《ねが》いします！　えっ、ない？」

スーパーマーケットやコンビニエンスストアから注文《ちゅうもん》が入《はい》るものの、かんじんのガリガリ君《くん》〝梅《うめ》ジュース味《あじ》〟がないのである。

夏《なつ》はアイスが売《う》れる。

特《とく》に今年《ことし》は、空梅雨《からつゆ》で、六月《がつ》だというのにすっかり暑《あつ》くなっていた。

こういう夏《なつ》は、ガリガリ君《くん》がものすごく売《う》れるのである。

しかも、新製品《しんせいひん》を多《おお》くの人《ひと》に知《し》ってもらうために、マーケティング部《ぶ》では、テレビコマーシャルを流《なが》し、テレビのバラエティ番組《ばんぐみ》で紹介《しょうかい》してもらっていた。

テレビの効果《こうか》は絶大《ぜつだい》で、梅《うめ》ジュース味《あじ》が人気《にんき》だと紹介《しょうかい》されるたびに、さらに、追加《ついか》で注《ちゅう》文《もん》が入《はい》る。

「マーケティング部《ぶ》！　もう、梅《うめ》ジュース味《あじ》をテレビに出《だ》さないでください！」

「そんなこといっても、すでに収録《しゅうろく》が終《お》わっているので、どうにもならないよ！」

営業部《えいぎょうぶ》とオカモト先輩《せんぱい》が、やりあっている。

「じゃ、せめて梅《うめ》ジュース味《あじ》だけでも、カットしてもらってください！」

「いまからじゃ、もうむり！」

エイタは、また、スーパーマーケットで頭《あたま》を下《さ》げている。

でも、もう、おなじ失敗《しっぱい》はしない。

『ありません。』

そんな対応《たいおう》なら、機械《きかい》だってできる。

自分《じぶん》たちは、人《ひと》と人《ひと》とで仕事《しごと》をしているのだ。

誠意《せいい》をもって、仕事《しごと》をすること。

相手《あいて》の気《き》もちと立場《たちば》を思《おも》いやりながら、はたらくこと。

ありがとうといってもらえるよう、一所懸命《いっしょけんめい》、がんばるだけだ。

その日《ひ》の夜《よる》、ナナミとエイタ、コウジロウは、街《まち》のにぎわいから少《すこ》しはなれた場所《ばしょ》にあるコンビニエンスストアの駐車場《ちゅうしゃじょう》に集《あつ》まった。

「街《まち》のなかより、このあたりのほうがあると思《おも》う。」

街《まち》の中心部《ちゅうしんぶ》は、インターネットで情報《じょうほう》を見《み》る若《わか》い人《ひと》が多《おお》い。でも、このあたりなら、梅《うめ》ジュース味《あじ》のガリガリ君《くん》が、まだあるかもしれない。

営業《えいぎょう》のエイタの読《よ》みは当《あ》たった。

「あった！」

「よし。」

一本《ぽん》ずつ、手《て》にとる。

ナナミが開発《かいはつ》し、コウジロウが作《つく》り、エイタが営業《えいぎょう》したガリガリ君《くん》〝梅《うめ》ジュース味《あじ》〟だ。

三人《にん》とも、入社《にゅうしゃ》してからずいぶん失敗《しっぱい》して、たくさんしかられた。めちゃめちゃ、へこんだこともある。

それでも、たくさんの先輩《せんぱい》に助《たす》けられ、力《ちから》を合《あ》わせ、ここにたどりついたのだ。

三人《にん》が、パッケージを見《み》つめる。

「ほんとに、できたんだ。あれ？　でもさ。」

ナナミが気《き》づいて、いぶかしい顔《かお》でふたりを見《み》る。

「まだ残《のこ》っているってことは、これ、売《う》れていないってことだよね？」

「そうともいうね。」

「いうね。」

会計《かいけい》をすませ、三人《にん》で笑《わら》いながら、駐車場《ちゅうしゃじょう》にもどると、パッケージを開《あ》ける。

梅《うめ》ジュースの香《かお》りが、わずかに鼻《はな》にとどく。

かりっ。

ガリガリ。

ガリガリ君《くん》をかじる音《おと》だけが、暗《くら》くなった駐車場《ちゅうしゃじょう》にひびいている。

「あっ！」

いちばん早《はや》く食《た》べすすんだエイタが、声《こえ》をあげる。

「はずれだ！」

「ああ、ぼくもだ。」

コウジロウも、残念《ざんねん》そうにアイス棒《ぼう》を見《み》つめている。

「ええ？　ちょっと待《ま》って。」

ナナミが、あわてて食《た》べる。

「わたしもだ。だから、当《あ》たり棒《ぼう》を多《おお》くしてっていったじゃん！」

三人《にん》で、笑《わら》いあう。

でも、そのぶん、ほかのだれかが当《あ》たっているということだ。

七十円《えん》のしあわせ。

でも、そこにはたくさんの想《おも》いがつまっている。

次《つぎ》は、どんなフレーバーを作《つく》ろう。

どんなしあわせな笑顔《えがお》が、見《み》られるだろうか。

ナナミは、星《ほし》がまたたきはじめた空《そら》をそっと見上《みあ》げた。

あとがき

この本《ほん》の表紙《ひょうし》カバーには、ナナミが作《つく》った『ガリガリ君《くん》〝梅《うめ》ジュース味《あじ》〟』が描《えが》かれています。描《か》いてくれたのは、本物《ほんもの》のガリガリ君《くん》のパッケージを描《か》いている、タカハシさんです。カバーの後《うし》ろと背表紙《せびょうし》にいる、ぷりっと大《おお》きなオシリを見《み》せてふりむいているガリガリ君《くん》も、この本《ほん》のためにタカハシさんが描《か》いてくれました。

「パッケージのデザインが、完成《かんせい》しました。」

タカハシさんから連絡《れんらく》を受《う》けて、これらの絵《え》を見《み》たとき、私《わたし》も、この本《ほん》のなかのナナミとおなじように、「わあ！」と、声《こえ》を出《だ》してしまいました。

ガリガリ君《くん》が、あのガリガリ君《くん》が、私《わたし》が考《かんが》えた梅《うめ》ジュース味《あじ》になっている！

それはもう、光栄《こうえい》でうれしくて、まさに天《てん》にものぼるような気《き》もちでした。

この本《ほん》は、ドキュメント小説《しょうせつ》ですが、タカハシさんは、本当《ほんとう》にいます。

オカモト先輩《せんぱい》とハギワラ部長《ぶちょう》もいます。

マロン先輩《せんぱい》、ガハハ先輩《せんぱい》、メガネ先輩《せんぱい》、キカイ先輩《せんぱい》は、あだ名《な》を勝手《かって》につけちゃいましたが、ちゃんといます。

もちろん、ナナミも、エイタもコウジロウも、名前《なまえ》は変《か》えてしまったけれどいます。

なんたってこの本《ほん》は、事実度《じじつど》九十パーセント以上《いじょう》ですから。

本《ほん》を書《か》く前《まえ》に、ここに出《で》てくる人《ひと》たちに、インタビューをさせてもらいました。

どうして、この会社《かいしゃ》を選《えら》んだんですか？

仕事《しごと》をしていて、うれしかったことはなんですか？

失敗《しっぱい》したことはありますか？

この本《ほん》に出《で》てくる失敗談《しっぱいだん》や、がんばったこと、うれしかったことは、ぜんぶ、赤城乳業《あかぎにゅうぎょう》の人《ひと》たちが教《おし》えてくれたことばかりです。

読者《どくしゃ》のみんなにわかりやすいように、少《すこ》しいじって小説風《しょうせつふう》にしましたが、ここにあることのほとんどは、ほんとうにあったこと。大人《おとな》になっても、仕事《しごと》をするようになっても、完《かん》ぺきな人《ひと》なんかいなくて、みんな、まちがったり、しかられたり、おちこんだりしながら、でも、みんなで力《ちから》をあわせてはたらいていています。

仕事《しごと》って、おもしろくて楽《たの》しいことばかりじゃなくて、いやだなあと思《おも》うことのほうが多《おお》いかもしれません。だけど、だからこそ楽《たの》しく。どうせ、やらなくちゃいけないのなら、楽《たの》しんでしまったほうがいい。それに、大変《たいへん》であればあるほど、いつか思《おも》い出《だ》したときに、「あのとき、大変《たいへん》だったたね。」って、笑《わら》い話《ばなし》になるんだと思《おも》います。

今回《こんかい》の取材《しゅざい》のなかでは、秘密基地《ひみつきち》であるラボにも潜入《せんにゅう》させてもらいました。香料《こうりょう》を入《い》れると甘《あま》いどろどろの液体《えきたい》が、果物《くだもの》の味《あじ》に変《か》わるところも、まぢかで見《み》せてもらいました。香《かお》りって、ほんとうにすごい！

そしてもうひとつ、ガリガリ君《くん》を作《つく》っている、本庄千本《ほんじょうせんぼん》さくら『5S《エス》』工場《こうじょう》にも行《い》かせてもらいました。もちろん、ナナミと同《おな》じように、下着姿《したぎすがた》になって、コロコロテープでほこりをとって、まゆ毛《げ》にもテープをあてて、手術前《しゅじゅつまえ》のお医者《いしゃ》さんのように、爪《つめ》にブラシをあてて洗《あら》いました。工場《こうじょう》に入《はい》る前《まえ》の準備《じゅんび》は、本《ほん》で書《か》いたことよりも、もっともっとたくさんやることがあって、本当《ほんとう》に、安全第一《あんぜんだいいち》！　清潔第一《せいけつだいいち》！　なのでした。

ところで、ガリガリ君《くん》をたくさん食《た》べているのに、一回《いっかい》も当《あ》たったことがない。本当《ほんとう》は、当《あ》たり棒《ぼう》は入《はい》っていないんじゃないの？

そう思《おも》っている人《ひと》はいませんか？

だとしたら、ここではっきり私《わたし》がいいます。

当《あ》たり棒《ぼう》は、ちゃんと入《はい》っています！

当《あ》たり棒《ぼう》の本数《ほんすう》は、ちゃんと決《き》められていて、しっかり、ころんころんと、ふつうの棒《ぼう》の箱《はこ》のなかにまぜられています。まちがいありません。

なので、がんばって当《あ》ててください！

私《わたし》は甘《あま》いものが大好《だいす》きです。甘《あま》いものを食《た》べると、幸《しあわ》せになります。原稿《げんこう》を書《か》いているときも、いつも必《かなら》ず、甘《あま》いものがそばにあります。

おいしいものは、人《ひと》を幸《しあわ》せにする。

私《わたし》は、そう思《おも》っています。

そして、それはきっと作《つく》った人《ひと》の、「食《た》べた人《ひと》を笑顔《えがお》にしたい。」という気《き》もちが、伝《つた》わってくるからなんだと思《おも》います。

岩貞《いわさだ》るみこ

文 **岩貞るみこ** いわさだ・るみこ

ノンフィクション作家、モータージャーナリスト。横浜市出身。おもな作品に、『しっぽをなくしたイルカ 沖縄美ら海水族館フジの物語』『ハチ公物語 待ちつづけた犬』『ゾウのいない動物園 上野動物園 ジョン、トンキー、花子の物語』『青い鳥文庫ができるまで』『お米ができるまで』『わたし、がんばったよ。急性骨髄性白血病をのりこえた女の子のお話。』『もしも病院に犬がいたら こども病院ではたらく犬、ベイリー』『未来のクルマができるまで 世界初、水素で走る燃料電池自動車 MIRAI』『キリンの運びかた、教えます 電車と病院も!?』、「命をつなげ！ ドクターヘリ」シリーズ（すべて講談社）など多数。

絵 **黒須高嶺** くろす・たかね

イラストレーター。埼玉県出身。児童書の仕事に「あぐり☆サイエンスクラブ」シリーズ（新日本出版社）、『ふたりのカミサウルス』（あかね書房）、『なみきビブリオバトル・ストーリー 本と4人の深呼吸』（さ・え・ら書房）、『くりぃむパン』（くもん出版）、『最後のオオカミ』（文研出版）、『秘密基地のつくりかた教えます』（ポプラ社）、『ぼかりの木』（学研プラス）、『スポーツのおはなし 野球 ぼくだけのファインプレー』（講談社）など多数。

ガリガリ君のパッケージデザイン・イラスト **高橋俊之**（G）

装幀・本文デザイン **大岡喜直**（next door design）

取材協力 **赤城乳業株式会社**

＊本文にあるガリガリ君の価格は、この本が刊行された当時のものです。

参考資料

『世の中への扉　ヒット商品研究所へようこそ！
「ガリガリ君」「瞬足」「青い鳥文庫」はこうして作られる』
（こうやまのりお著　講談社）

『［図解］ガリガリ君が教える！　赤城乳業のすごい仕事術』
（遠藤 功著　PHP研究所）

『言える化 「ガリガリ君」の赤城乳業が躍進する秘密』
（遠藤 功著　潮出版社）

『スーさんの「ガリガリ君」ヒット術』
（鈴木政次著　ワニブックス）

『大接近！　工場見学②　ガリガリ君の工場』
（高山リョウ構成・文　岩崎書店）

この作品は書き下ろしです。

ガリガリ君《くん》ができるまで

2020年7月1日　第1刷発行
2023年9月11日　第5刷発行

（定価はカバーに表示してあります。）

著者…………岩貞《いわさだ》るみこ
発行者………森田浩章
発行所………株式会社　講談社
〒112-8001　東京都文京区音羽2-12-21
電話　編集　(03) 5395-3536
販売　(03) 5395-3625
業務　(03) 5395-3615

KODANSHA

N.D.C.916　184p　20cm

印刷所………共同印刷株式会社
製本所………大口製本印刷株式会社
本文データ制作‥講談社デジタル製作

ISBN978-4-06-519957-2

感動《かんどう》とドラマがいっぱい！

岩貞《いわさだ》るみこのノンフィクション

青《あお》い鳥《とり》文《ぶん》庫《こ》

わたし、がんばったよ。

急性骨髄性白血病《きゅうせいこつずいせいはっけつびょう》をのりこえた女《おんな》の子《こ》のお話《はなし》。

急性骨髄性白血病《きゅうせいこつずいせいはっけつびょう》をのりこえた美咲《みさき》ちゃんと家族《かぞく》。自分《じぶん》の病気《びょうき》のことをお友《とも》だちにもっと知《し》ってもらいたい、と美咲《みさき》ちゃんは絵本《えほん》を描《か》いた。

青《あお》い鳥《とり》文《ぶん》庫《こ》ができるまで

作家《さっか》、イラストレーター、デザイナー、編集部《へんしゅうぶ》、校閲《こうえつ》、印刷会社《いんさつがいしゃ》、取次《とりつぎ》などなど、青《あお》い鳥文庫《とりぶんこ》が書店《しょてん》にならぶまでの人々《ひとびと》の奮闘《ふんとう》を描《えが》く。

青《あお》い鳥《とり》文庫《ぶんこ》

ドクターヘリシリーズ

命《いのち》をつなげ！ ドクターヘリ

日本医科大学千葉北総病院《にほんいかだいがくちばほくそうびょういん》より

「ぜったいに、助《たす》ける！」救命救急《きゅうめいきゅうきゅう》のプロの医師《いし》や看護《かんご》師《し》、オペレーター、消防隊《しょうぼうたい》……1つの命《いのち》を救《すく》うため大勢《おおぜい》の人《ひと》が協力《きょうりょく》する姿《すがた》を描《えが》く。

命《いのち》をつなげ！ ドクターヘリ2

前橋赤十字病院《まえばしせきじゅうじびょういん》より

「ほんとうのヒーローは、ここにいる!!」一秒《いちびょう》でも早《はや》く病気《びょうき》やケガの人《ひと》を助《たす》けるため、ドクターヘリが行《おこな》っている「命《いのち》のリレー」とは。

いきものシリーズ

青《あお》い鳥文庫《とりぶんこ》

しっぽをなくしたイルカ

沖縄美《おきなわちゅ》ら海水族館《うみすいぞくかん》フジの物語《ものがたり》

イルカのフジは病気《びょうき》で尾《お》びれをなくした。泳《およ》がなくなったフジに、泳《およ》ぎを取《と》りもどさせたい！　世界《せかい》初《はつ》のプロジェクトがはじまった。

ハチ公物語《こうものがたり》

待《ま》ちつづけた犬《いぬ》

雨《あめ》の日《ひ》も雪《ゆき》の日《ひ》も、主人《しゅじん》の帰《かえ》りを駅《えき》で待《ま》つ……。日本一有名《にっぽんいちゆうめい》な犬《いぬ》・忠犬《ちゅうけん》ハチ公《こう》と、やさしい飼《か》い主《ぬし》・上野先生《うえのせんせい》の心《こころ》の交流《こうりゅう》を描《えが》く！

青《あお》い鳥《とり》文《ぶん》庫《こ》

もしも病院《びょういん》に犬《いぬ》がいたら

こども病院《びょういん》ではたらく犬《いぬ》、ベイリー

病院《びょういん》にはつらいことがたくさん。でも、ベイリーがやってきて、毎日《まいにち》が楽《たの》しくなった！　病院《びょういん》ではたらくファシリティドッグのお話《はなし》。

ゾウのいない動物園《どうぶつえん》

上野動物園《うえのどうぶつえん》 ジョン、トンキー、花子《はなこ》の物語《ものがたり》

上野動物園《うえのどうぶつえん》の人気者《にんきもの》、ゾウのジョン、トンキー、そして花子《はなこ》。かしこいゾウをなぜ殺《ころ》さなくてはならなかったのか。動物《どうぶつ》を愛《あい》する人《ひと》、必読《ひつどく》。

単行本《たんこうぼん》

社会《しゃかい》保障《ほしょう》審《しん》議《ぎ》会《かい》推《すい》薦《せん》
児童《じどう》福祉《ふくし》文化財《ぶんかざい》
に選《えら》ばれました！

キリンの運《はこ》びかた、教《おし》えます

電車《でんしゃ》と病院《びょういん》も !?

キリンのリンゴ、鉄道車両《てつどうしゃりょう》、こども病院《びょういん》。一つのミスもなく安全《あんぜん》に運《はこ》ばなければ……「運《はこ》ぶ」プロたちの仕事《しごと》を描《えが》いた３つの奮闘記《ふんとうき》！

できるまでシリーズ

単行本《たんこうぼん》

お米《こめ》ができるまで

汗《あせ》と忍耐《にんたい》、そして、決断《けつだん》につぐ決《けつ》断《だん》。お米作《こめづく》りは、愛《あい》と危険《きけん》がいっぱい。新潟県魚沼市《にいがたけんうおぬまし》の米作《こめづく》り農家《のうか》への密着取材《みっちゃくしゅざい》にもとづくお話《はなし》。

未来《みらい》のクルマができるまで

世界初《せかいはつ》、水素《すいそ》で走《はし》る
燃料電池自動車《ねんりょうでんちじどうしゃ》
MIRAI《ミライ》

「おれたちが、世界初《せかいはつ》のクルマを作《つく》る！」ガソリンを使《つか》わない、二酸《にさん》化炭素《かたんそ》を出《だ》さない。世界初《せかいはつ》の夢《ゆめ》のクルマを作《つく》り上《あ》げた人《ひと》たちのお話《はなし》。